U0568323

我們上海文藝界

李伦新 著

文匯出版社

图书在版编目（CIP）数据

我们上海文艺界 / 李伦新著. — 上海：文汇出版社, 2017.8
ISBN 978 - 7 - 5496 - 2155 - 2

Ⅰ. ①我… Ⅱ. ①李… Ⅲ. ①散文集—中国—当代 Ⅳ. ①I267

中国版本图书馆CIP数据核字(2017)第126767号

我们上海文艺界

作　　者 / 李伦新
封面题字 / 朱鹏高
责任编辑 / 鲍广丽
封面装帧 / 王　峥

出 版 人 / 桂国强

出版发行 / 文匯出版社
上海市威海路755号
（邮政编码200041）
经　　销 / 全国新华书店
排　　版 / 南京展望文化发展有限公司
印刷装订 / 上海宝山译文印刷厂
版　　次 / 2017年8月第1版
印　　次 / 2017年8月第1次印刷
开　　本 / 890 × 1240　1/32
字　　数 / 212千字
印　　张 / 10.25

ISBN 978 - 7 - 5496 - 2155 - 2
定　　价 / 58.00 元

自　　序

记述我人生经历的《船行有声》和《我在上海当区长》两本小书先后出版以后，我继续在用拙笔如实记述奉调到上海市文联工作后的所见所闻、所感所思，于是有了这人生追忆录的第三部《我们上海文艺界》，也是最后的一本小书了。

是啊，人生如一叶扁舟作一次从此岸到彼岸的航行，经历和感受是随时事变迁、各不相同的。回望我的人生旅程，不仅和上海这座城市密切相关，而且犹如一个不识水性者却投身于闯海行列，面临突然刮来的海风、掀起的巨浪时，何止只是手足无措？一跤跌得远比头破血流后果严重！想到既然闯海，怎能不经受风浪？呛几口水在所难免，怎可自我消沉？

所幸我坚持到欣逢盛世，切身感受拨乱反正，投身改革开放，在努力做好本职工作的前提下，重拾拙笔，继续坚持业余写作，先后出版了十五本小书。与此同时，发起进行海派文化研究，组建了海派文化研究机构，形成了一支研究团队，连年举行海派文化学术研讨会并出版论文集。为迎接上海世博会，组织创作、出版了“海派文化丛书”

三十三本……

时间老人的脚步似乎也加快了，不经意间我已经年迈体衰，难免瞻前顾后，自然会想到经过的路上那些深深浅浅、正正歪歪的足迹，能给后来者留下点什么启示？当上海市作家协会关心地提出要为我出版《李伦新文集》时，我感激的同时也不免有些犹豫，但愿这能给后来者的人生旅途，添上一点亮光，而不是其他！

我在文联服务这些年，得到了文艺家们的关心和体谅、理解和支持，使我学习到许多为人为文的宝贵经验。巴金先生《做一个战士》等对我教育帮助很大：“生活就是不停地战斗，他的武器是他的知识、信仰和坚强的意志。”我得到文艺家的理解和支持，一直心存感激！当《我们上海文艺界》即将和读者见面时，我热诚地希望给予批评，书中的内容难免有出入甚至差错，也希望得到指正，在此，我再次深表感激！

目　　录

换　岗

换个工作岗位何止只换副筋骨？都得换，包括口语！

我在年近花甲之时，心想很快就要退休了，可以有时间做自己想做又喜欢做的事情了。不言而喻，我虽不才，却一直爱好文学，且努力学习创作，尽管因此有过惨痛的教训，却还是矢志不渝，甚至于越来越有紧迫感，总想在有生之年，能写点想写的东西！我甚至已经在考虑，退休以后的时间怎样有效利用，首先写个长篇什么的？怎样写出有个性有特色的作品？既不重复自己，也不重复他人，一定要知难而进！

想不到就在这时，有家文学类报纸的记者找上门来，要采访我，说就区委书记是作家这个角度，让我谈谈自己的体会和看法等。作为一名作家协会的会员，对文学创作虽然没有什么建树，倒一直心向往之，于是就接受了记者的采访。想不到这次采访的内容，很快就在这家报纸的头版显著位置刊登了。后来才知道个中的原委……

没过几天，市委组织部的领导同志约我个别谈话，他是我所尊敬的一位领导干部，平易近人，与之能推心置腹地交谈。我们一见面，他就开门见山地说，你负责开好区党代会，和新当选的区委书记交接以后，市委调你去市文联工作。并说市委有关领导早就有这个考虑了，还说都认为我去市文联任党组书记比较合适，领导同志们的意见也很一致！这也就是说，已经没有重新考虑的可能了。服从工作需要和组织安排，这是我对自己应有的基本要求。既然如此，我想不必再说什么，那就去吧，干到退休年龄，再开始专心致志地投入自己喜欢的创作！

就在这时的一天晚上，我接到一位广受尊敬的老作家打来的电话。她开门见山地说："伦新啊，你不要同意调到市文联去工作，那是把你放到火上去烤啊……"

我很感谢她对我的关心和提醒，但我怎能不服从上级组织的调动呢？只好以后再慢慢地向她解释了，相信她会对我理解的！

类似这个电话的内容，我也直接或间接地听到过几次。有的告诉我说，市文联如何矛盾重重、人际关系复杂，工作很难开展；有的对我直言，文联已经有半年多没有正常运转了，你何必去接这样的……

看来，市文联这个单位是有些特殊性和复杂性。亲朋好友们的关心和提醒，当然是应该考虑的；但我想到怎能知难而退？工作以来，至今还没有推辞的先例，相反，我想去那里看看究竟是怎么一回事？记得我曾经讲过：干部、干部，就应该到矛盾、困难中去，经受锻炼和考验，说不定这会对自己的成长更有帮助！这话，现在适用于我自己了！也许还会对自己的文学创作有所教益呢！所以，我将区里的工作移交以后，就准备去新的工作单位报到了。

去新的工作单位报到的日期还没有确定前，我去华东医院看望一位老同志时，站在医院门口，回过头去，看到马路对面正巧是市文联的所在，大门口两边的墙上，挂满了大牌子，而且都是市级的组织：上海市文学艺术界联合会！还有上海市美术家协会、上海市音乐家协会、上海市舞蹈家协会……啊，都是市级的，都是艺术家们的组织，这些组织的成员中，都有我敬仰的著名文艺家，我到市文联担任这个职务，能为上海文艺家们服务好吗？

后来，我就是怀着这样的心情、带着这样的担心，去市文联上班的。

初来乍到，免不了和前任有个交接，尔后到各处室走走，再去各文艺家协会看看，和秘书长们随意聊聊，还有直属的文艺活动中心、图片中心等企事业单位，也前去看了看，似乎都各有特点，也都有所期待。

就在这时，我以前曾经承诺过的走访又来催促了，就和市文联外联处的小姚同志，应约去一家企业。原来这家企业也有文联，因为这是个地处南京郊区的矿业单位，主要领导人老张同志，是上海市人大代表，编在我们南市区代表团，而且和我同在一个代表组，每年都在一起参加市人代会，分组讨论，个别交谈，相互间已经很熟悉，这次是因为该企业文联工作，前往拜访，果然相见都很高兴。

老张在和我个别交谈时，问我到新的工作单位报到后的情况。我如实讲到市文联目前的状况和存在的困难，他关切地说，别着急，相信你有办法会和大家一起，把困难踩在脚下走过去的！我们单位设有专项基金，这次让你先带五万块钱去，好吗？

我一时不知怎么说好，笑笑没吱声。也许他以为我嫌少吧，就说："你坐会儿，我去去就来。"说着，他就又去了办公室，显然是去和领导班子成员商量了。过了一会儿，他面含微笑走来对我说："十万，喏，你先拿去，用了再说吧！"

如此这般对市文联工作的帮助，对我们何止只是支持？也是对我的鞭策啊！

随后，老张设便宴招待我们时，将他们领导班子的成员一一作了介绍，接着郑重其事地说："经我们公司领导班子集体研究决定，为支持市文联的工作，这次提供十万元文化活动经费！"说着，就将一张支票交到了我的手里。

初到文联就接受采访

我起身表示感谢后，将支票递给了随同前来的小姚同志……

在和小姚一起返回上海时，我发现与刚才来的时候相比，这位在文联工作多年了的小姚同志，此刻显得轻松愉快多了，这和他口袋里装着一张支票不无关系。虽然我的心境和情绪不能与之相比，但也有所不同了。看来，市文联的工作虽然面临暂时困难，却是很重要的，连老张和他们领导班子都这样重视文联工作，主动给予支持，市文联的同志更加责无旁贷！想到不仅有这样一家大型企业文联，还有铁路、邮电、宝钢等行业或企业文联，有的区、县也已成立或在筹备成立文联，只要我们市文联能在市委和市委宣传部领导下，从实际出发，开创性地努力做好工作，正确发挥优势和积极作用，前景无疑是值得乐观的……

从此，我要求自己牢牢记住这样一句话：不要再像以前在区里工作时那样，要时刻注意，换了一个工作岗位，不但要换一副筋骨，更要换一种工作思路、工作作风和工作方法，连说话的口气、常用的词语也要注意调整一下。于是，我不知不觉地从常用口语“我们上海南市区”，就改成了“我们上海文艺界”，而且经常挂在嘴边，口口声声“我们上海文艺界”如何如何，可自己对此变化却不知不觉……

拜　访

拜访文学艺术家，听取意见建议，情真意切，重在落实

初来乍到，面对全新的工作，颇为特殊的单位，我想在处理应急事务的前提下，要登门拜访文艺界代表性人士，听取意见和建议，在此基础上，和文联及所属各协会的同志一起商量，以便形成切合实际的工作思路、具体计划，并贯彻落实！

请文联办公室协同各文艺家协会，拟定了一份首批拜访的代表性文艺家名单，相应地确定了一同前去的工作人员，一起开了会，大家都表示要以真挚感情虚心听取文艺家们的意见建议，并要认真对待加以逐步落实。

朱屺瞻先生之所以成为我首先拜访的知名艺术家，这是因为我们相识已久，有一段时间没去先生府上看望了，很自然地想去，于是就首先去了。

朱先生的祖籍是江苏太仓，但他总喜欢讲自己是上海“城里人”，也就是说，他是上海老城厢里的人。我在南市区工作期间，对这位“城里人”的著名画家理当敬重，逢年过节，都要和文化部门的同志一起，登门拜访，渐渐熟悉，成了朋友。记得有次春节前夕，我和文化局的同志一起去拜访，带了一盆君子兰，而且是含苞待放的，先生很是喜欢，由花谈及绘画、由画谈及为人，气氛活泼而融洽。交谈中，这位总讲自己是“城里人”的著名画家，说自己很想到城里去看看，并说他记得，当年家住老城厢的小南门一带。我当即表示，请文化局安排好，如我有时间就一定陪同。遗憾的是，那天朱先生在小南门一带寻寻觅觅，却未能找到他曾经的住所……

那次陪同寻访旧居时，在和朱屺瞻先生的交谈中，曾经议论过一件事，就是在豫园里面，建朱屺瞻艺术馆的问题。我们都认为，这对丰富豫园的文化内涵、满足参观者的欣赏需求，都是很有益的，而且这也正是这位上海老城厢“城里人”的心愿！遗憾的是，结果却未能如先生所愿，我们为此深感遗憾。后来朱屺瞻先生的心愿实现了，但不是在豫园内，而是在鲁迅公园旁，建成了朱屺瞻艺术馆，我去参观时总难免联想……

当年作为文学青年，我拜读过巴金先生的作品《家》《春》《秋》等，却无缘面见。如今，我怀着崇敬的心情，

和朱屺瞻先生

第一次走进巴金先生在武康路上的家门，但却没有陌生的感觉，这是因为我不止一次阅读先生的作品，在心中早已对这位作家深怀尊仰之情了，因而会情不自禁地表达一个读者对先生的敬意……

正在这时，一同前去拜访的文联干部张惠玉同志，给巴老送上小礼品并介绍说："李伦新同志是新调来市文联工作的党组书记。"这才使我马上意识到，不可还以巴金先生作品的读者身份，谈读先生作品的心得体会，应该征求巴老对文联工作的意见。文联是巴金和夏衍、于伶、贺绿汀、冯雪峰、梅兰芳，于1950年7月发起成立的，先生一直是文联的领导人，现在还担任中国作家协会主席呢！我应该在拜访巴老时，听听他对文联工作的要求和建议！于是，就马上调整了话题，听取巴老对文联工作的意见。

巴老语重心长地对我们说，上海文联应该是我们上海文艺家之家，要总想着怎样为作家、艺术家们服务好。切忌机关化、衙门化！

真是语重心长又言简意赅，我一直记着，并尽力落实在工作中。我想如今不同于以前在区政府、区委工作了，要将为文艺家们服务好，体现在文联的工作指导思想和实际工作上，努力付诸行动中！

更为珍贵的是，巴老将他的作品亲笔题签姓名后，赠送给我，我如获至宝，一直珍藏于"乐耕堂"书房！

拜访巴金先生（中间是巴老女儿李小林）

登门拜访，正在按照排名表，继续进行中……

就在这时，我接到了一位老同志打来的电话，让我去他的家里，说有要事商谈。我不敢怠慢，应约前往。这是一位文艺界有声望的前辈，此次约见非同小可，细节从略，关键词是人事安排，这里只能省却：他递给我的一份名单，是关于下一届市文联主席、副主席等的人选。这使我深感意外，一时不知如何是好。心想只能不置可否地先接下来再说……

拜访文艺界代表性人士，在按计划继续进行。

两　　门

大门对着大门，一个单位有两扇大门，颇费思量

也许是习惯成自然吧，下班前我还是照例要坐在办公桌前，梳理一下今天的工作情况，看看办公桌上有没有待阅、待批的文件？有没有写给我或文联的人民来信？啊，到文联上班以来，文件和来信少得多了！但令我一时难以理解的事情却不少，因而并未感到比以前轻松些！

此刻，机关里已经静寂无人。我信步走去，漫不经心地东张张、西望望，先楼上后楼下，又楼下楼上。呵，这幢楼的建筑风格颇有特色，用材讲究质地，富有西洋建筑风格。联想到新中国成立初期，我进青年团嵩山区委机关工作时，也是在一幢花园洋房里办公，据说房主人在上海临近解放时，匆忙离沪，去了海外，人民政府接管。这里的房屋也许同样是这种情况吧？令人费解的是，这楼的南面有个小花园，旁边开了扇门，北面临街是南京西路，也

开了扇门，门对着门，而且在一条直线上，相距却不到百步之遥，实在难以理解……

正当我在小天井里走走看看时，驾驶员从北面一间小屋里走出来，意欲送我回家。但我还是走进了延安西路大门旁的收发室，和值班的同志随意交谈：

"这南北两扇大门你都能打开吗？"我问。

"可以，你要从南京西路的那扇大门开车出去吗？"

"不，我是想看看这两扇大门，各派什么用场？"

"南京西路的那扇大门平常不派用场，人、车都从延安西路这扇大门进出。"

我心里想："一扇多余的门？闲置的门？"

我又先后站在这两扇大门口，仔细观察了一会儿，带着因此产生的难以理解的问题，下班回到家。可脑子里却总在想着：何以会一直这样存在着两扇大门呢？应该弄清它的来龙去脉，看看有没有该做而又能做的事情？能不能在这里找点生财之道？这里是黄金地段呀！

第二天早上，我到文联上班，整个单位静悄悄的，偶尔有飞驰而过的汽车喇叭声响。我请门卫同志打开了南京西路的这扇大门，站在门口东张西望，走在门的两侧来回观察。嗬，南京西路的末尾一段，竟然是如此冷冷清清，和南京东路近外滩那段根本不同。属于文联的这些临街房屋，显得陈旧而高低不齐，大都为封闭的围墙，或进出的通道，很少沿街门店。这使我感到有些不解，但只是直感而已，心想应该进一步进行深入了解，调查研究……

又是一天文山会海。晚上回到家，有些疲惫不堪，同时也有如释重负之感，总算把文联干部职工的工资如期发放了！说来令人费解，作为全额财政拨款的市级事业单位，怎么会产生连工资都发不出的问题呢？原来，账面上是有一定余额的，可是银行账户里却已所剩无几了！我到财务那里了解了实际情况后，跑到市财政局，找了局长同志，如实汇报了我们文联有些难以理解的情况，得到了他的谅解，表示帮助我们临时解决燃眉之急，拨款发放工资。

拖欠的工资发放后，回到家里，轻松了没多久，又想到下个月，下下个月。总不能老是这样去市财政局长那里求助呀。应该想想别的办法！于是，我又想到了那两扇大门……

想来想去，就想到了向市商业局某局长请求指导帮助，他倒爽快，直言相告："不要动脑筋破墙开店赚钞票！"何况南京西路属一级地段，没有也不会有"店多成市"的可能，你们文联又不可以搞商业营销，如果出租店面，麻烦不少，却弄不到多少钱！忠言并不都逆耳。我感谢这位局长的指教。

挂了电话，我排遣不掉的还是那两扇门问题，于是又拿起电话，拨了市规划局局长家里的电话号码，向局长诚恳请教。得到的忠言相告是：南京路是特级保护地段，临街建筑不得随意改动，破墙开店根本不可能获批，让我打消这个念头，云云。

我深表感谢后，挂断了电话，却没法挂断对这两扇大门问题的思索……

列　　席

列席不同于出席，只有汇报和听取的责任

接到通知，让我去列席市委常委会。我马上想到：这是市委对市文联换届工作的重视，特别是要对新一届文联主席团人选问题，做决定并提出指导性意见了，因为这不仅是开好这次文代会的关键，也关系着今后文联的工作！不言而喻，我去列席，是有任务的，要准备好汇报的情况，要考虑好可能提出的问题如何回答，当然也要明白汇报的角度和分寸……

这次市委常委会一开始，就讨论市文代会及文联换届选举问题。我按领导要求，简要地汇报了有关情况，反映了文艺界人士对开好这次文代会的希望和积极建议，但没有提及人选问题，更没有提到我所收到的那份名单。

从讨论和发言的情况，我感到市委领导对市文联的工作是相当重视的，对文艺界和文联的情况也是了解的，经过讨论，提出了几点决策性意见。这一议程完成了，我起身走出会议室，想着贯彻落实应做的工作。

这时，至立同志走了过来，和我一起走出会议室，与我亲切交谈，语重心长地叮嘱我说：“伦新同志，你回去以后，要用自己的语言，传达、贯彻落实市委常委会议的精神！”

我在回机关的车上，脑屏幕上重放刚才会议的情景，回忆领导的讲话，特别是反复咀嚼陈至立同志的叮嘱，心想这些确实都值得我十分注意！

关于新一届市文联主席人选问题，要我直接广泛听取意见建议以后，向市委提出建议名单。这是开好文代会和关系今后文联工作的关键所在！

这天晚上，我独自在家里考虑传达贯彻落实市委常委扩大会议精神问题。情况确实特殊，难以按常规行事，看来只有先个别传达、酝酿，听取意见建议的基础上，在准备充分的情况下，再开会传达，稳妥地贯彻落实市委的指示精神！

第二天，我首先去向现任市文联主席汇报。鉴于上次市文代会举行以来已经八年，按照文联章程的规定，需要召开文代会进行换届选举了，市委对此很关心，要求我们做好召开文代会的各项工作，把我们上海文艺界的事情办好。

在文联主席亲自主持下，文联主席团会议顺利召开，一致赞成遵照文联章程办事，开始进行文代会各项筹备工作，并就起草工作报告等问题，进行了磋商。

根据文联章程和文联体制以及领导班子的实际状况，都认为要从实际出发，采取比较灵活和稳妥的方法，先分别和有关主席团成员及协会领导同志沟通，尔后召开文联和所属各协会、各单位干部会议，传达市委常委扩大会议精神，和主席团对召开文代会的工作部署。

我在随后召开的文联干部会议上，开门见山地说："我没有做文联工作的经验，如今来到新的工作岗位，和在座的同志一起工作，我们就要同甘共苦，这是有缘啊！俗话说，有缘千里来相会。全世界有六十亿人，我们中国有十几亿人，今天，我们坐在一起开会的这几十个人，将朝夕相处，苦乐共享，这不是缘分吗？我们理当相互关心、彼此爱护！"接着我表示："文联及各协会，都要为所有文艺家协会的会员服务，一视同仁，不分亲疏，不可有恩恩怨怨，更不能有什么派性影响，都一样要尽力服务好。请大家对我这个新来的一号服务员，多多帮助和监督批评！……"

接着，我传达了上级要求和筹备召开文代会的工作打算，包括文代会代表的产生、文代会报告的起草、文联委员候选人名额以及产生办法、会务工作等，要求大家齐心协力地做，仔细做好，保证市文代会顺利举行！

在讨论时，气氛比我预想的好，同志们都表示要为开好文代会认真、仔细地做好自己的工作。

会后，各处室、各协会分别进行了讨论，研究如何贯彻落实市委常委会精神，为开好文代会做好工作！

但还有一个棘手的问题，就是下届文联主席的人选，要在广泛听取各方面意见的基础上，提出建议名单，再经过必要的程序，提交文代会选举产生！这对我们来说，确实是工作的重点和难点所在，也是开好文代会的关键所在。为此，我开始就此个别听取意见建议……

两　　利

从两门到两利，似乎是机缘巧合，其实是一种友情支持

这天我去位于延安东路外滩的浦东发展银行，看望好久不见的庄晓天同志。他以前在副市长任上时，分管财政、金融和商贸等，对我们南市区政府的工作，特别是豫园旅游区的开发建设，给予了很多切实的指导和帮助，我们一直心存感激！我奉调到市文联服务后，还没有和庄晓天同志见过面，今天前去拜访，其实是想去请求指导和帮助！

走近中山东一路 12 号，门口那两只铜狮子引人注目，雄威毕现，狮身则被人们摸得光溜溜的，闪闪发亮。我走进大门，在警卫人员引导下，来到贵宾室。没想到的是，当我一走到门口，就看见市政协领导王兴同志已经在座，这位快人快语的老领导问道："李伦新，听说你调到文联去啦，那你就要来参加我们政协的活动呀，我们这里文艺界

的知名人士多，你正好和他们交朋友嘛！”

庄晓天同志见我笑而不答，就客气地招呼说：“走，我陪你们去欣赏一件精美的艺术品！”说着就带领我们，来到这座富丽堂皇的大楼的八角形门厅，仰面凝望，只见上方有八幅马赛克镶嵌成的壁画，分别描绘了20世纪初上海、香港、伦敦、巴黎、纽约、东京、曼谷、加尔各答八个城市的建筑风貌，并配有神话人物形象……世纪壁画间有一圈美文，译意为“四海之内皆兄弟”，其象征意义为在新世纪到来之际，企盼整个世界的和平繁荣……

“据说，汇丰银行迁出这座大楼时，这些壁画被维修人员用涂料覆盖，直到1997年11月大楼进行修缮时，才被发现，重见天日！”晓天同志说到这里，意味深长地笑了，我们也被感染似的笑了起来。

王兴同志先离开浦发银行，他临走时握着我的手又叮嘱了一句：“到政协来参加活动吧！”

在我和庄晓天同志交谈到文联工作这几天的情况时，讲到文联机关的两扇大门，和我想开发利用南京西路那扇闲置的大门，意在请晓天同志指点。他问了房屋的详细情况和周边环境，颇感兴趣地又问：“你们南京西路有几间沿街房子？”

“现在没有门面房子，有一扇大门常年闲置，大门的两边还有高低不一的简房旧屋，可以开发成沿街门面房屋。”

“装修后能作营业用的街面房屋吗？”

“应该是可以的。而且这里还没有形成商业街市，也没有银行，和南京东路根本没法相比！”

我们的这次随意交谈，谈出了一个双赢的合作项目：正在市区布点的浦东发展银行，将在南京西路开设营业部，由文联提供门面房屋。考虑到文联要将沿街大门及周边旧房改建成整齐美观的楼房，缺乏资金，先由浦发银行预付八年的房租，如果没记错的话，是四百万元，这在当时是个不小的数字……

这是原则的口头协定，还要商谈详尽细则，并取得一致认可后，才能正式签定协议！

“南京路是市规划局特别从严管理的一级路段，审批会有些麻烦！”我和晓天同志握手告别时，皱紧眉头说。

“你们要从整修高低不一的旧房、使之整齐美观的角度，申述整修的理由，才会同意。”晓天同志提醒我说。

“这件事，还要请晓天同志多多关心，我们上海文艺界一定会感谢您的帮助！”我说时笑了，是为成功在望而笑。

“我们一起努力吧，争取顺利办成这个一举两得的合作项目！”晓天说时站了起来。

“对我们文联来说，那可就是‘两门’变‘两利’了的事情！”我知道他这习惯，也起身说。

在握别庄晓天同志离开浦发银行后，我几次回头凝望那两头雄狮！

这个有点特殊的合作项目，尽管过程有些曲折，在此不必细述，但结果是互利双赢的，尤其是文联没花一分钱，用浦发银行预付的八年租金，整修了南京西路沿街门面房屋，将原来的那扇大门的地方也盖成房，既增加了房屋面积，也改善了沿街外观环境面貌，还新增了办公用房，党组书记、副书记的办公室也搬到了这里，腾出的房子作会议和接待之用。

记得市委宣传部领导金炳华同志来文联检查指导工作时，凝神注视着这幢新的小楼，问道："你们盖这房子，没有打过申请报告呀！"我笑着说："只是大修，原来的房子高低不一，弄弄整齐，让闲置的大门也派上了用场，还没来得及向上级汇报呢。"

这位通情达理的领导听了以后，笑吟吟地对我说："嗬，你这个当过区长的人，做这点事情，小菜一碟、小菜一碟！"

"嘿嘿，小事一桩、小事一桩！"我说着，大家也都笑了起来……

但我心知肚明，这件事之所以能够比较顺利办成，是由于庄晓天同志和市规划局、市容环境部门和商业局领导同志，对我们文联的理解、关心和支持，也就是对我们上海文艺界的关心和支持，给予了一定程度的政策倾斜。当然，这也和我们文联同志们齐心协力地努力争取分不开，特别是张煜、邵志斌等同志的努力工作，起到相当重要的积极作用！

朋　友

结交新朋友，不忘老朋友。要成真朋友，才是好朋友！

那天在浦东发展银行偶遇王兴同志后，他果真让我去参加市政协的活动，先让我作为特邀委员，参加政协会议和活动。确实，文学艺术界的市政协委员为数不少，且大都是代表性人士，知名度较高，成就也显著，有的以前只能在银幕、舞台或报刊上见过其尊容，如今坐在一起了，我自然投以敬仰的目光！

也许这和我曾经在区委统战部部长岗位上服务过两年不无关系。在和区政协委员交往中，我就深感多交各界朋友、真诚结交朋友、争取成为知心朋友的必要和重要。记得在各界人士支持下，我们创办了一个南市区各界人士自己的“联谊俱乐部”，时任市政协副主席、市委统战部部长的毛经权同志亲临指导，热情鼓励，发表讲话时反复强调：

我们就是要让各界人士都成为真朋友、老朋友！

我参加市政协的活动以后，和政协委员中的文学艺术界代表性人士接触多了，如与电影表演艺术家张瑞芳等比肩而坐、共同讨论，同文化艺术界的知名人士直接接触，一起学习讨论或外出视察、参观，从熟悉到推心置腹地交谈，渐渐地就成为无拘无束的朋友了。

文艺界代表性人士大都知识渊博，且个性特点鲜明，有的为人处世比较坦荡而开朗，甚至会慷慨激昂地指名道姓批评，发言大都能畅所欲言，还常常风趣幽默，当然也有直言不讳的尖锐批评，甚至指名道姓的责问，听来颇受启发。我想这样的氛围和会风，对促进我们政府改进工作和作风，倡导好的社会风气，无疑是有益的啊！

政协除了开会，还组织各种有益的活动，如参观考察、社情民意调研等。参加这类活动，其实也是学习的机会，有助于充实自己、做好工作。

特别值得一提的是，市政协创造性地开展了一项广受好评的活动，那就是为曾经的政协委员创办了政协之友社，使退下来的同志，参加兴趣爱好活动，还为他们组织丰富多彩的旅游参观活动，并实行自费公助，还可随带家属，使这样的特色旅游广受欢迎！我喜爱京剧，但却不会唱也不敢唱，参加了政协之友社京剧小组以后，在老师和戏友们的指导和鼓励之下，勇敢地放开喉咙亮了嗓子，学

上海市政协之友社京剧组戏友合影

唱的《空城计》《甘露寺》选段，还算有板有眼、有腔有调了呢！至今仍在学唱中……

自从那次在浦发银行巧遇王兴同志以来，我一直受邀参加市政协、政协之友社的活动。无论是从有利于本职工作的开展，还是从有助于我的文学创作，抑或有益于自身的学习进步和身心健康来看，我都感到从中得益匪浅，因而和市政协、政协之友社日积月累的感情越来越厚重，和政协及其政协之友社的同志们有了难解难分的情感，特别是和王兴同志如水之交的同志友谊与日俱增！不久前，在为庆贺王兴同志九十华诞聚会时，我表达了自己对这位忘年交、老领导的尊仰和敬佩之情，句句都是肺腑之言……

筹　备

确保换届选举顺利成功，筹备工作特别人事安排很重要

为举行第四届上海市文代会而进行的筹备工作，正在紧锣密鼓地进行中。

文代会代表的选举产生，商量确定总人数后，根据各协会会员人数，协商确定代表名额，由各文艺家协会负责，按规定程序，正在产生之中。

文代会的工作报告，经过听取意见，汇集上次文代会以来的必要文件资料，由文联办公室负责起草初稿，在各协会和文联有关处室协助下，由办公室负责。正在起草的初稿，将分别征求意见，再行补充和修改……

下届市文联委员和主席团成员候选人的提名产生，相对说来会比较顺利，难度较大的是主席候选人的确定！这是大家最为关注的问题，也是开好文代会的一个关键。这

项工作由我负责，先广泛听取意见建议。

在我到市文联工作之初，就收到过一份新一届文联主席团组成人员的建议名单，这名单我一直藏而不露，只当没有这回事。也有以多种方式向我表达新一届文联主席人选意向的，各位的取向很不一致！我深知选好新一届市文联主席，不仅是事关开好文代会的关键，也是决定文联今后工作格局的重要因素，必须高度重视，力求做好提名推荐工作！

为此，我开始有步骤地分别听取方方面面的意见建议，并加以分析归纳。

上海文艺界确实有其鲜明的特点。在经历了历次政治运动以后，特别是在“十年浩劫”期间，文艺界公认为是“重灾区”。粉碎了祸国殃民的“四人帮”以后，有个并非笑话的平常故事在流传，说的是：在“拨乱反正”开始之初，一次文艺界人士聚会之时，与会者你看看我、我看看你，沉思默想以后，就都不约而同地笑了起来，笑得年轻工作人员莫名其妙，与会者则笑得苦涩而又意味深长，接着异口同声地说出了“对不起你啊！”这句话。原来，在座的同志本来都是相识相知的同事，有的还堪称好友，却在经历一个个政治运动时，这回你被批斗，他斗你，下回他挨批斗，你斗争了他……一个接一个的政治运动，一次接一次的批斗，批来斗去，斗了这么多年、这么多次的运动，文艺界的同志，谁还没被批斗过？又有谁没揭发、批斗过

调回上海的知青作家叶辛在会上发言

他人呢？哎，原来如此，好笑……

如今，我在听取对市文联主席人选的推荐意见时，一直注意到这样的历史背景，对各种不同意见都要听取，尔后加以综合分析，以便提名比较适合的同志，作为文联主席候选人。

文联副主席候选人中，有位从贵州省作家协会调到上海作协工作的叶辛同志，考虑到这位上海知青作家创作上较有成就，又曾担任过贵州省作协的主要领导职务，建议也提名为市文联副主席候选人，得到领导认可，列入候选人。

取　　经

如今常用“取经”一词，其含义却多种多样，这里仅指经验

接到中国文学艺术界联合会发来的通知，我去北京出席各省（市）、自治区文联负责人会议。为此我事先做了功课：首先弄明白了中国文联和各省（市）、自治区文联之间的关系，不同以往的现行体制是，已经不再是隶属关系、上下级关系，而只是工作上的指导关系。指导也很重要，特别是我这样刚来文联工作的新手，更要虚心向中国文联和与会的兄弟省市文联的同志学习！

此行正好可以由我当面邀请中国文联的领导同志，来上海出席我们即将举行的市文代会。

我曾经在中央党校学习半年，星期天或节假日，和学友们一起去参观游览了北京的一些名胜古迹，留下了难忘印象。北京在我的记忆中，是一座历史蕴涵深厚而又在走

与高占祥同志亲切交流

向现代化的大都市，如有机会我能再去中央党校看望邹登贵等老师，自然是很有意义的。

到了北京，我乘车来到通知开会的地点。出乎意料的是，呈现在我面前的中国文联办公所在处，竟是一幢陈旧的老房子，中国文学艺术界联合会的牌子，不是堂堂正正地挂着，而是歪歪倒倒地倚靠在门口一侧！这景象深深地刻在了我的记忆中，难以抹去！

后来才知道：中国文联即将迎来乔迁之喜，很快会旧貌换新颜！

高占祥同志主持会议。据知他曾任文化部领导，如今以中国文联党组书记、副主席身份主持会议，作了简短而不无风趣意味的自我介绍，接着与会的各省市自治区文联同志相互介绍，我也照例进行。我面对的全部都是陌生面孔，他们的发言，多有经验之谈，有的问题正是我们上海文联现在所面临的。我要求自己，不仅用笔记，更要用心记，以后还要向这些文联系统有经验的老同志请教！

会议间歇，我和与会的北京市文联领导取得了联系，表示了有机会要前往“取经”的意愿，并欢迎到上海文联来指导、交流工作，得到了热诚回应。我又在会议间歇，分别拜访了四川省文联党组书记朱炳宣同志，贵州省文联党组书记、主席杨长怀同志等，意在向他们请教，如何做好文联工作？怎样顺利开好文代会？这两位省文联的领导同志，都是富有成就的戏剧家、美术家，更是富有文联工作经验的业内行家！使我由衷敬佩，心想以后还要经常向他们请教，热诚邀请他们方便时来上海文联指导工作。这话虽然有点官场套话的意味，但却并不影响我们之间实在的文朋书友性质！

中国文联的领导同志回应了我们的邀请，表示一定有位领导人前来出席上海市第四次文代会，并代表中国文联在大会致辞，表示祝贺！

在返回上海的火车上，我为这次匆匆的北京之行，没能去一趟中央党校看望邹登贵等老师，不免有些抱歉和遗憾！

换　　届

开文代会，进行换届选举，要换来文艺界的新局面、新气象

经过必要的程序和各方面的准备工作，在市委和市委宣传部有关领导同志的直接关心指导之下，上海市第四次文学艺术界代表大会，于 1993 年 7 月 20 日开幕了。

在预备会议期间，我向大会报告了文代会的筹备经过和代表产生等情况，接着，通过了大会主席团名单和大会议程，而后休会，举行大会主席团组成人员会议，会上讨论通过大会议程后，市文代会才按这个议程进行。

陈至立同志代表市委、市政府向大会致辞，对文代会的举行表示热烈祝贺，并对文联工作提出了希望和要求。

中国文联的领导同志，应邀专程来上海，在大会上致贺辞。

市总工会的同志代表市总工会、团市委和市妇联，向

大会致辞表达祝贺。

会上还宣读了部分兄弟省市文联发来的贺信、贺电。

在热烈的掌声中，夏征农主席向大会作了题为《同心同德，振奋精神，为繁荣社会主义文艺而奋斗！》的市文联工作报告……

这次市文代会，在全体代表的共同努力下，总的来看是开得比较顺利的，进程不在这里细述，但有一个情节，我觉得不应该省略。那就是在大会进行过程中，分组讨论工作报告以后，正顺利继续进行之时，将要报告汇总分组讨论情况并介绍新一届文联委员候选人产生过程时，与会者中有的同志递上了小纸条，记得不止一张，内容都是要求在大会上发言的。

这小纸条都递交到坐在主席台上的一位令人敬重的老同志手中，他展开看了看以后，对我说："有代表要求大会发言，下面就开始进行大会发言吧！"

我听了以后，就以商量的口气对他说："开幕时，大会通过的议程中，没有大会发言呀。既然有代表要求大会发言，那就休会，大会主席团同志商量商量再定吧。"

于是，我就立即宣布："现在休会，请代表们就地休息一下，等会儿大会将继续举行。"

大会发言？我脑屏幕上顿时映现出曾经有过、不该淡忘的情景：在那并不遥远、不该淡忘的年代，一个接着一个运动，

与朱践耳

文艺界公认是“十年浩劫”的重灾区，一个接一个地批判会、斗争会，正如有的同志所说，几乎人人都被斗争过、也都斗争过他人，批判会、斗争会留下的深刻印象，至今记忆犹新，实在不该淡忘呀！如今不能再这样了啊！临时动议要进行大会发言，就难免会出现那样相互指责甚至更加互伤感情的乱象……

休会时，我和主席台上的同志碰头，交换意见后，给文联的一位同志交代了任务。

没过多久，文联的那位同志，走过来对我悄声耳语：金部长让你出来一下。

我走出会场，走进停在不远处的一辆普通的汽车里，向金部长简要汇报了会场情况和休会后做的工作，听取指示。

我回到会场，请代表们入座，大会按照通过的议程继续进行。代表们都是通情达理的，给予我们的工作以支持和配合！

大会顺利进入投票选举程序，选举产生了新一届市文联委员……

在随后举行的全体文联委员会议上，选举产生了市文联主席团，朱践耳同志当选为市文联主席，王峰、王伟平、叶辛、吴宗锡、草婴、赵长天、姜彬、黄绍芬、李伦新当选为副主席。

在29日举行的第一次主席团会议上，主席朱践耳提名并一致通过李伦新为常务副主席……

浦　　东

浦东开发开放，文联不可缺席，文学艺术应发挥积极作用

浦东，对我来说并不陌生，1958 年曾下放劳动浦东县，在六里公社六北生产队劳动。1979 年从外地重回上海，在南市区工作，浦东有四个街道一个镇属于南市区，都留下过我疏密不一的足迹。实在想不到的是：如今，我到浦东新区联系工作，竟会迷了路！是啊，旧貌开始换新颜了，我怎能不迷路呢？驾驶员小杨在我的瞎指挥之下，寻来绕去，好久才找到我们要去的浦东新区办公大楼。

好不容易找到浦东新区管委会办公大楼，迟到的我，听说浦东新区党委已在开会，不应打扰，正要转身离开时，“伦新！伦新！”这熟悉而又亲切的声音，令我止步，连忙转身，与从会议室大步走过来的赵启正同志

紧紧握手！

我应约来拜访浦东新区的领导，因为迟到，接待方按计划正在开新区党委会，怎能打扰？我正要转身离开时，想不到有同志去向正在开会的赵启正同志报告了有市文联同志来访，他就停下会议走来了！

说到启正同志，我一直心存感激。记忆犹新的是，我在南市区政府区长岗位上时，副区长于来宾同志提议，为了让经历了“十年浩劫”的上海市民过一个开心的春节，冒着可能失败的风险，和哈尔滨市合作，举办上海有史以来第一次冰灯艺术节。这是明知有风险而勇敢为之的第一次，成功的把握不大、失败的风险却很大，看法多有不同，而明确支持的不多。身为市领导之一的赵启正同志，在冰灯艺术节开幕的第一天，就偕夫人和女儿前来观赏，对我们表示鼓励和支持，令我感动而且难忘！如今，他担任浦东开发开放的领导重任，我调到市文联任职，还望继续得到他的支持和帮助啊！

想不到启正同志将正在进行中的领导班子会议暂停，这令人诚惶诚恐的同时，又深受感动！这是启正同志重视发挥文艺在浦东开发开放中的作用，而绝不是其他！我们紧紧握着手，一起走进了会议室，互作介绍，和一同前来的市文联工作人员交谈，如何互相合作的话题……

双方经商量决定：

一是由市文联组织代表性文艺界人士，分期分批来浦东参观，先走马观花式地了解浦东开发开放的概况，继而再按专业、分层次地组织文艺家来浦东新区深入生活；

二是双方合作举办“浦东新区文艺系列活动”，各方将分别提出初步设想后，再作必要性和可行性研究，而后共同商量决定活动计划安排；

三是请副市长、浦东新区管委会主任赵启正同志，到文联来向文艺界代表人士，介绍浦东开发开放的决策过程及其深远意义和进展情况、发展前景……

后来，我们还和浦东新区文化部门配合，共同在川沙公园举办了“浦东十月文化庆典活动”，有十六项文化艺术活动项目。还为此共同举行了新闻发布会。记得我和文联有关同志在赴浦东新区拜访启正同志回来后，就开始着手按共同商定的工作计划，抓紧逐项落实。

浦东开发开放世界瞩目，举国关注，上海文艺家们尤其关心。市文联将组织大家到浦东新区参观考察并共同举办文艺活动的消息一传开，文艺家们就纷纷表示要求参加。报名人数大大超过预期，我们和浦东新区有关部门商量，分期分批前往参观考察，获得较好效果。

浦东开发开放不仅上海人关心，全国各地文艺家也纷纷要求前来参观学习，我们就和中国文联联系，请他们出

陪中国文联和兄弟省市文联的同志参观浦东

面，共同组织各省市文艺家来上海到浦东采风。这项活动得到有关市领导的关心和支持，市委主要领导黄菊同志来到文联，会见了部分省市的代表，鼓励文艺界同志到浦东去体验开发开放的现实生活，创作出优秀作品！

会见后，文联又举行了别开生面的全国文艺家赴浦东采风团出发仪式。

两　　金

筹设两个基金，由于缺乏可行性，失败的教训很值得记取

文代会以后，我总在想：文联的工作如何在原来的基础上开创新局面？这既是形势的要求，也是文艺家们的期待，更是文联和各文艺家协会干部群众的希望，我作为领导集体的第一责任人，怎样担负起这个责任？首先从哪儿着手呢？

在和文艺家们接触中，大都认为出作品、出人才，是文艺事业繁荣的主要体现。为此，要做的事情很多，而设立一个基金，资助有创作意向和潜力的文艺家出作品，并奖励新近涌现出来的优秀文艺家和优秀作品，形成激励机制，这方面有许多工作要做。我在听取各方面意见、建议的过程中，想到可否设立一个文艺创作基金，给予有创作计划的文艺家以资助，促其成功。同时设立文艺奖励基金，

奖励创作优秀文艺作品的文艺家本人。

这个设想的必要性和可行性，在听取意见的过程中得到了各方的赞同，认为这会受到文艺界的欢迎，也会得到企业界的支持，于是我们就制订了具体的实施方案。

在开始运作的一段时间，重点是筹集资金。我们选择了一些企业，提出了“文企联姻，双向服务”的意向，首先是我们要为企业服务，诸如根据企业需要，到企业去为职工们文艺演出、去辅导职工中的书画爱好者等活动，为企业的“两个文明”建设提供必要的服务是关键！上门联系的企业，厂长、经理大都表示欢迎，并愿意提供一些资金。我和经办同志一起，去联系的一家房地产公司、一家化妆品工厂，都比较顺利地达成了合作协议，为我们提供了一些资金。这使我们增加了办好两个基金的信心。

就在这个过程中，我们拜访了老作家柯灵先生。因为我还在南市区工作时，就听说他要写反映上海百年的长篇巨作，为此陪同他来老城厢走街串巷……如今我来文联工作了，有责任为他在创作这富有上海地方特色的鸿篇巨著中，做好全程服务。我和文联有关部门的同志一起前往柯灵先生家拜访，看到他在自己家门上挂了个写有“下午四时以前，恕不接待”的字条，使我不禁想到，这肯定是先生为了抓紧时间进行创作，或者是外出查阅资料了。年事已高的老作家，如此倾心倾力地创作富有上海特色的长篇小说，文联理当从各方面关心和支持，这不能只是在口头上，而应该有切实行动啊！

首次登门访问后，我们了解到柯灵先生需要查阅资料、收集材料等，就主动和他商量，由文联每月从文艺创作基金中，无偿提供一点钱，以便他请一个人帮助收集整理资料等。开始，柯灵先生谦让，但看到文联同志的诚意，一再主动上门，看到抽水马桶坏了，就主动让文艺活动中心的技工前来帮助修好。听柯灵先生夫人说想更换书橱，就派办公室同志主动代为作了更换……柯灵先生于是就接受了每月一千元的资助。这使我们非常高兴，进一步提高了办好“两个基金”的决心和信心……

在筹集到一定数量的“两金”以后，发现筹集资金不是想象的那么顺利，碰到了一些难题，原因不言自明：不认识、没关系、没有能为其服务的企业家，怎么会轻易拿钱出来给我们作基金呢？虽然碰到困难，但我们还是有信心迎着困难继续前进……

虽经努力，筹集到的资金数量却有限，做不了什么大事；要进一步筹集更多资金，显得困难很多，力不从心。这时，我开始感觉到：自己如今的工作思路是否出了问题？看来还是在用过去做地方行政工作时的那一套，例如文庙路、丽水路口牌楼都是企业赞助的。如今对待变化了的工作环境与特点，还没有充分认识和把握，因而工作思路和方法，还没有根本改变，未能根据文联的性质、特点和工作环境，寻求适合现在情况的工作思路和方式方法！可以说，是一定程度上的墨守成规，沿用过去的老一套，当然是行不通的！于是，我开始了新的思考和探究！

看来，工作岗位变换了，不仅要换一副筋骨，还要换一套工作思路，更要寻找新的适合环境、条件的工作作风和工作方法……

教　　训

正确吸取教训有时比总结经验更重要、更有益

组织文艺家深入生活，是文联和各文艺家协会的基本职责之一，也是文艺家们的普遍要求，其重要性不言而喻。文联和各文艺家协会组织会员下基层、进工矿参观访问，无不受到欢迎并积极参加，报名人数总是超过预定……喏，这次组织文艺家赴外地深入工矿企业采风，更加积极热情。

一辆大客车满载着参加采风活动的文艺家们，从文艺活动中心出发了！这次采风活动是去江苏省的工矿企业体验生活。文联秘书长为领队。联络处负责人分别向大家介绍了这次外出参观活动的计划和日程安排以及注意事项。

我和书法家张森同志上车后比肩而坐，交谈很随便，也很有意思。

汽车驶进江苏昆山境内时，有同志需要小解，建议停一下车，方便方便。

带队的同志和驾驶员商量后，选择了适当的路边，将汽车停住，打开车门，需要小解的同志下了车。过了一会，下车小解的同志陆续回来，带队的同志问了一声："都回到车上了吗？"没有回应，以为都回来了，车门一关，刚一启动，"还有一人没上车！"有人喊道。司机马上踩了刹车，停下，开车门，都下车去寻找！

书法家张成之同志没有回到汽车上。

他倒在了路边的小树林里了！

意外事故发生后，人人惊愕、叹息！

我和文联秘书长等同志紧急商量，一致决定，马上送张老去附近医院抢救！

同时和当地文联取得了联系，寻求帮助，得到理解和热情指导！

与此同时，向车上所有同志讲明情况，请大家理解和配合。

意想不到的是，经送当地医院请医生紧急会诊，这位富有艺术成就的书法家张成之同志因脑梗死等病与世长辞！

我和带队的文联秘书长等立即碰头，商量决定：一、马上再次和在上海的文联负责同志联系，要他立即向上级领导如实汇报情况、听取指示。二、向采风团的全体文艺家报告意外事故发生的情况，是否按原定计划继续进行采风活动？听取意见。三、在当地文联帮助下，将不幸去世的张老的遗体运回上海，后事必须做好。四、由文联负责同志向张成之同志家属如实告知情况，进行劝慰和安抚，争取理解和配合，做好善后工作。同时要理解、体谅家属的心情、切实做好家属的工作……

突发事件、紧急处置方方面面的事情……我和同志们商量着做，并要做细做好！

张惠玉等好多同志都主动积极地工作，按统一商定的方案，分头进行，并得到大家的理解和配合，采风团的活动继续进行，留下的同志紧张地分头处理张成之同志的后事，有条不紊。

我按和大家商量的决定，将工作进行安排并分工负责，回到上海处理张老后事。一回到文联，立即和有关同志碰头，沟通了情况，研究了工作安排，作了具体分工，由我向市委宣传部主要领导直接汇报情况并听取指示；和文联有关部门同志一起，到张老家里对家属如实讲清情况、进行慰问、做好安抚工作。家属的通情达理使我们深受感动！家属告诉我们张老的身体状况：近日病情有明显变化，看医生回来他一直不说话，精神、情绪方面有异常。家属对发生这样不幸的事情，都表示能理解并谅解。

关于要求将张老的一个去外地插队已安排工厂工作的儿子，调回上海来，以便照顾母亲的问题，我们表示一定会向上级报告，努力争取妥善解决……

我回到文联后，这才感到非常疲倦，不能不去一下医院了！

在文联的一位干部主动前来陪同下，来到华东医院看门诊。

医生看了我的情况，为我量了血压，听了前胸后背，当即严肃地说：“你坐着，不要动，马上叫担架来，送你去病房，住院！”

我就这样被推进了病房……

这次外出采风发生如此严重的意外事故，处理还算顺利，我内心深深感谢张老家属的理解和谅解，同时深感上级领导对我们文联的体谅和关心！这次事故的检查报告，本应由我们写好后及时上报，由于忙于处理善后，尚未动笔写，上级部门体谅下属，让一位宣传部的秘书长代笔写了。这体现了上级领导对我们文联同志的谅解和关爱，实在令人感动……

这次意外事故处理结束后，痛定思痛，文联的同志专门开会进行总结，从中吸取的教训，是深刻而难忘的。同时可以说这次事故也是一面镜子，照出平时看不到的许多真实情景，包括各不相同的处境、心境，令人心灵震撼，发人深思……

人　　字

一撇一捺这个人字，要能读懂并能写好，需努力一辈子

接到阿章老师的电话，说今天晚上到我家来，有件事情要当面和我商量。什么事呢？他没说，我能猜出，八成又是指导我写作方面的。

在我还是一个单纯幼稚的青年文学爱好者时，就得到过阿章老师的指导，处女作短篇小说《闹钟回家》，就发表在他负责编辑的报纸文艺副刊上，后来又经他推荐，收到《恋爱问题》一书中。由此，我参加了上海市青年文学创作活动，还担任了小说一组副组长。可以说，他是我走上文学之路的引领者之一，终生难忘。

万万想不到的，曾是地下共产党员的他，也被戴上了右派分子的帽子，送去宁夏回族自治区进行劳动改造，他在上海人民广播电台当播音员的妻子，不听组织劝阻，一

定要跟随他同往！他们在那里生活了二十一个年头，直到十一届三中全会以后，讲实事求是了，要拨乱反正了，“阿章回来了！”这几个字，突然出现在《解放日报》头版上，我看到这五个字标题，何止只是欣喜难言，连忙赶去报社，和阿章老师久别重逢，双手紧握，感慨万千！

有次，阿章老师来到我家，闲谈中他随手翻了翻我写字桌上的稿纸，不禁自语：“梳头娘姨传奇？我拿回去看看好吗？”他说着，已将稿子放进了包里，带走了。过了两天，阿章老师打来电话，说这稿子准备在《解放日报》连载，要我稍加整理、润色，云云。我虽不才，却一直怀着文学梦，此时此刻，此情此景，我还能说什么呢？只有高兴和感激！

《梳头娘姨传奇》及其续篇，相继在《解放日报》上连载后，上海文艺出版社出了书、获了奖，大众文学长篇小说二等奖，这都离不开阿章老师的指导帮助，他还为这本书写了见解独到的序言，着重剖析了梳头娘姨这一人物！通过这次创作实践，我对“文学是人学”又有了进一步的体会……

在我后来奉调到上海市文联工作后，阿章老师有次和我讲到他和老伴都年事已高，想将还在宁夏的儿子调来上海，以便相互照顾。为此，我找文联组织处的负责同志沟通情况，请她考虑可能性。不久，组织处的这位负责同志

左起：曹阳夫妇、李伦新、丁锡满、
郑秀章、叶辛在乐耕堂书房

来对我说，经向市委宣传部汇报，认为阿章老师的儿子调回上海工作，是符合有关政策的，可以办理……

阿章老师的儿子在宁夏的一家杂志社当编辑，调来上海工作后，可以安排在文联所属的某杂志社，仍当编辑，都已按程序办妥了一切手续。

过程从略。阿章老师的儿子调来上海，安排在文联的一家杂志编辑部工作后，我以为这件事情也就画上一个句号了。他办好报到手续以后，来到文联见过我一次，是个身材结实而高大、长相端庄而憨厚的小伙子，操的是一口浓浓的宁夏口音，亲热地叫我李叔叔，使我心里甜甜的，为阿章老师有这样的儿子在身边照应而高兴！

可是，没过多久，想不到的情况却出现了！阿章老师的儿子要求仍旧回到宁夏去工作，说是在上海生活不习惯！这是为什么？实在令人难以理解！我必须解析这个问号，到底是为什么？

奇怪的是，阿章老师及其夫人都理解并支持儿子仍旧回宁夏去生活！

我不得不和他本人深谈一次！

“李叔叔，真没别的，我就是在宁夏那里生活习惯了！上海虽然好，我却总不适应，越来越想重新回到宁夏去，同那里的哥儿们蹲在一起闲聊天，或者各人捧着个饭碗，边吃边说说笑笑，有时一瓶白酒就这么轮着喝，没轮两圈，就喝得瓶底朝天了，这生活过瘾！来劲！”他说得眉飞色舞，情真意切！

我开始有些理解他了。

接着，就支持他办理了调回宁夏的手续。

一方水土养一方人。“水土不服”这句话，含有深意，我们不应该将其理解简单了。

此后，我和阿章老师在一起闲谈时，从他儿子调来上海又调回宁夏去这件事说开去，和文学创作自然联系了起来，都感到“人”这个字，虽只一撇一捺，简单两笔，却是最复杂、含义最深、不容易理解深透的！文学工作者更不能把人解释简单了！世界万物中，最复杂的就是人啊！

这引起了我的深思：世界上的事情，都离不开人，一个人字，笔画最少，含义最深，我们对人的认知，实在还很不够啊……

笔　　痕

行走留有履痕，书写留有笔痕，都要抓铁留痕

我们生活在网络时代，不甘落后的我，在同龄人中，可以算是较早购买电脑并学习使用于写作的作者。这倒不是在自我夸奖，实话实说，这是编辑朋友的促成！因为，我投寄去的手写稿，往往会接到编辑的电话，客气地说：“请您谅解，您的稿子上版面，要重新打字，容易产生差错，请你发电子稿过来，好吗？”我总不能一直说：“我不会用电脑呀！”于是，就下决心买来一台电脑，学着用电脑写稿、发稿……

电脑还带我学会了上网，上网使我不出书房，就进入了一个新的广阔天地。

咦，怎么？我个人的资料、信息，怎么网上都有了？不知是谁又怎样弄上去的？

偶然间，我还在电脑上看到，我的姓名和昆曲表演艺

术家张洵澎演的《牡丹亭》联系在一起了……看看，这是怎么回事？

著名昆曲表演艺术家张洵澎信札一通一页，附李伦新批信：她主演的昆曲《牡丹亭》，获全国电视戏曲片一等奖、全国电视“飞天奖”和“金鹰奖”。舞台剧受众有限，想拍摄电视片，电视台播映，推荐介绍。目前拍摄经费方面经各方筹措，已落实一部分，但仍有不足。上海文联一直非常关心民族文艺的继承和创新工作，也望请贵会能在可能范围内在经济上给以一定的赞助，是所至盼！……

面对电脑上面的这段文字，我回首往事，追忆前情，呵，是有这么一回事。这先得要说说周巍峙先生！周先生是我由衷敬仰的文艺家和文化界领导人，他总爱说自己是上海人，曾任文化部、中国文联主要领导职务，喜欢常来上海会会老朋友，又总喜欢住在文联的文艺宾馆，说这里便于和文艺家们见面交谈。有次周巍峙来沪，住在文艺宾馆，我照例去看望，正无拘无束地在笑谈时，昆剧演员张洵澎和上海人民广播电台的秦来来同志来了，相见甚欢，无拘无束。谈着，谈着，就谈到了上述昆剧《牡丹亭》，要拍个戏剧电视片，因为经费问题，好事多磨，周巍峙同志关心并表示支持，当场对我提出了希望。我还能不表一个态吗？理当尽力而为呀！

是的，我们上海文联虽然财力有限，但还是给予了一定的资金支持，记得是拨款一万元。这笔钱在当时还是可以的。

张洵澎主演的昆曲《牡丹亭》，在各方资助下，拍成了电视艺术片，播映后广受欢迎……

从此，每当周巍峙同志从北京来上海，丁锡满、张洵澎、秦来来和我，都要和周巍峙欢快地在一起叙谈，有时还会在席间请张洵澎清唱一段昆曲，她总是将自己的拿手好戏，非常投入地表演一番……

这就是网上所以会有这样一段文字的缘由吧！

其实，这只是我和周巍峙、萧丁（丁锡满）、张洵澎、秦来来等交往的一些片断。

以文会友、以戏会友，如水之交的朋友来往，虽然清淡却纯真且贵乎长！这是我们之间不成文的潜规则，其中有个约定，说来令人发笑。就是随着时光流逝、年岁增长，我们都"老"态不请自来了，相互称呼也就自然和"老"字不离不弃，于是，在交谈中就一致决定：相互都以小周、小李相称，谁如互称老什么的，要罚款五元！丁锡满也自愿加盟，相互之间称呼都自觉严格遵守，从未发生过违规现象，也就是没有收到过一笔罚款！

每当我打开电脑上网，看到网络上的这段往事记载，总会使我回忆起和小周、小丁等的交往，往事历历如在目前，重温和他们在一起的愉快，特别是对我的关心帮助，怎能不心如潮涌，思绪绵延……

《我在上海当区长》这本书中，有一篇《履痕》，写的是我题写“挹秀楼”三个字的过程及缘由，是我在原南市区工作一步步走过来所留下的一点痕迹，可谓履痕。此处我写的这段文字，名曰《笔痕》，记述的虽然是由网络上留存下来的一件实事，引发的往事回忆，反映的却是我和文朋书友们交往的真实情景，借以寄托我对周巍峙、丁锡满等同志的深切思念！并借以祝愿昆剧事业繁荣昌盛！

书　房

独自在乐耕堂书房里享受读书之乐，其乐无穷

我欣喜地收到了周巍峙先生为我的书房题写的“乐耕堂”三个字，并由朱晓华同志帮助制成了匾额，挂在了我的书房里。对，是挂在书房的里面，书房外面早已挂上的“乐耕堂”匾额，是出自书法家张森先生的手笔。我这书房门里门外的两块匾额，金光闪闪，相互辉映，使我对书房的喜爱，在不知不觉中又增加了许多!

是的，我爱读书，和书结下了不解之缘。从小喜欢看书，当学徒时从地摊上买来一本老舍先生的《骆驼祥子》，读得入神，爱不释手。从此就爱上了读书，梦想以后能有自己的藏书，自己的书房。

不论人生道路怎样曲折，如何坎坷，喜欢读书可谓不改初衷。从喜欢买书继而有了自己的书橱，几经周折，终于有了自己名为“乐耕堂”的书房，从一间扩张成两间，

以至家里到处都是书，可谓书香四溢！闲暇时，我徜徉书海，欣喜之余，却发现这些书大都没有好好阅读过，为此，我深感惭愧不安！

当然了，我的书房名“乐耕堂”是继承祖训，上代祖宗先人，代代相传下来的，一直传到我辈，怎么可以中断啊？我想，我辈应该继往开来，更要名副其实！这“乐耕堂”书房，确实给我带来的是无穷快乐，心灵之乐！我常常独自在书房里享受阅读之乐、写作之乐，有时我会成天待在书房里，这里走走、那里看看，随手拿起一本书翻翻，或找到某本书查阅、凝视……呵，书把我带到特定的情景中，让我常常和既熟悉又陌生的人物交流、谈心……

我是在单纯幼稚时开始学习写作的，怀着为实现崇高理想和人生追求的目的，走上了文学创作道路。当印有自己名字的第一本书面世时，激动的心情至今难忘。从此，我和书所结下的不解之缘日趋紧密，每次走进书店，都会掏空了口袋，才肯走出店门！我为自己得到了想看的书而喜不自禁，当然，我也常叮嘱自己：乐为书迷，但决不盲目迷书！也不要将书当作摆设！

古罗马的西塞罗曾说：“没有书籍的屋子等于没有灵魂的肉体。”同样，满屋子的书只当摆设，如果根本不去认真阅读，那不也等于没有灵魂的肉体吗？

我年近花甲时，调到市文联工作，自知要真心诚意地为文学艺术事业发展服务，为文学艺术家服务，就要求自己更加勤于读书学习，包括虚心向文艺家们请教。登门拜访也是常有的，他们赠我自己的著作（书籍）并亲笔题词签名，就在所难免，我都珍藏在书房的专设书橱里。喏，这本是巴金先生的，这本是柯灵先生的……

当然，有时我也将自己的习作小书赠送给文艺家，由衷地请他们给予批评指教！对此，我是为自己定过规矩的：不主动向文艺家提出要求，要他们送给我作品！特别是画家、书法家，决不随便收受他们送给的作品，更不允许索要！

市文联副主席、书法家协会主席周慧珺先生，在她任内最后一次出席文联主席团会议时，带给我一副对联，诚挚地说："我记得很清楚，我们一起工作这么多年，你从来没有要过我的字。今天我带给你的这对联你一定要收下，留个纪念！"

恭敬不如从命，我连声谢谢，收下了她这凝聚着纯真同志情谊的书法作品。

我在前后挂有周巍峙、张森为我亲笔题字的"乐耕堂"书房里，常常面对巴金先生、柯灵先生等为我亲笔题字的著作，回忆先生们对我的教导，倍受鼓舞，不敢闲散！

是的，我爱书，爱在书房里和书亲密接触，拿起这本翻翻，拿起那本看看。喏，这是我珍藏的一套《鲁迅全集》中的一本。说来惭愧，我珍藏的全套《鲁迅全集》，被亲戚借去一本，我因遭遇难事，将藏书“转让”给图书馆时，缺了一本，双方遗憾。若干年后，这位亲戚还给我这本书，令我百感交集，默默地和新版全套《鲁迅全集》放在一起！每当我凝望全套《鲁迅全集》和经历坎坷的这一孤本时，思绪怎能不如脱缰的野马呢？

我先后出版了十几本小书，自己无疑珍爱有加，也希望读者喜欢，凡向我表示希望得我的小书者，我都奉上并题签，请批评指教！我尊敬的阿章老师每次收到我送他的小书，都认真阅读，并及时对我指出：哪页哪行哪个是错别字，使我十分感动！有次我到一位同事的办公室，无意间看到我的一本小书，被丢在角落里，上面已经积满了灰尘。我不由一阵心潮起伏，难受异常，就将这本遭受不幸的小书，放进包里，带回了家……

我使用电脑写作，上网，似乎成了每天的必修课，甘苦自知，都是自愿。有时我会在上网时，看看自己名下有些什么内容。真可谓既快捷又全面，有些连自己都不知道的内容也在上面了！啊，怎么？我签名赠送曹某某的书，在网上明码标价六元销售，使我不禁大为惊奇之余，陷入了深思：这位著名节目主持人，总是风度翩翩，见了我，又总是恭恭敬敬地口口声声“李老师”，向我讨书时，恭维话、客气话讲了一箩筐，怎么却把我的书上网出卖了？

嘿，我从这件事想到了一些有关的问题，想呀想呀，不但想明白了，还想到了文艺界人士关于书籍的种种情况，想到了文联的工作，是否可以在文艺活动中心办一个会员作品交换的商店呢？既可代售，也可相互交换……

隐　　忧

“书隐楼”的问题未能根本解决，成了隐患、隐忧

这是个盛夏酷暑的日子，临近中午时分，我在办公室，和几位同事研究工作。文联大门口值勤的门卫同志走了过来，对我附耳轻声说：“有一位从南市区来的老同志，骑自行车找到我们文联来了，说是一定要见李区长，您看？”

这？我毫不迟疑地说：“走！我们马上下去看看！”说着，我已经移动了脚步。

离开工作多年的南市区，我和生活在这块土地上的居民，感情实在是有千丝万缕的联系，难以言表。离开近两年来，我一直与之魂牵梦绕、难解难分，常常会独自去老城隍庙等处，毫无目的地在那里东走走、西看看……今天冒着酷暑高温，骑自行车前来找我的是哪一位呢？他为了什么事情，要找我这个离任了的南市区干部？无论如何，我要马上下去，热情接待……

啊，想不到今天来找我的，会是书隐楼的主人郭经纶老先生！久别重逢，我大步迎上前去，紧紧握着他的手，和他一起走进第一会议室。

我让工作人员陪郭老先生去洗手间擦汗洗脸，并为他倒好了一杯热茶。在等郭老的时候，我想到了许多许多。是啊，书隐楼，这幢有价值的历史保护建筑，年久失修，一直是我们南市区党和政府领导同志牵挂的问题！我作为地方政府负责人时，未能尽责解决好这个难题，是深感遗憾的！如今离开南市区了，不在其位，不谋其政，我还能说什么、做什么呢？

正在这时，郭老从洗手间疾步走来，紧紧握住我的手激动地说："李区长，急死我啦！台风就要来了，房子危险啊，倒塌了可怎么办呀？我横想、竖想，还是决定要来找您，向您报告这个情况，请您帮帮我、想想办法啊！"

呵，这位书隐楼的主人郭经纶先生，和我可算是老朋友了。早在我供职南市区政府文化科、中共南市区委宣传部时，我就去过地处小南门巡道街附近的书隐楼，和其主人郭先生多有联系，渐渐地我们之间能无拘无束、畅所欲言！可是，这幢列入市文物保护单位的书隐楼，却年久失修成了危房，一直未能根本解决，我怎能不牵挂呵！

"李区长，我不能眼睁睁地看着这祖先遗传下来的书隐楼，毁在我这一代人手里啊！"郭老先生激情难抑地说，眼眶湿润了。

“您老别急，喝杯茶休息休息，我们慢慢说！”我给他的茶杯添了开水，和他比肩而坐，陪他随便交谈，谈得无拘无束。接着留他用了午餐，让他休息了一会，送他到大门口，和他挥手告别。

他的身影离去了，书隐楼的隐忧，我却难以排遣呵！

我们南市区文化局、城建办、住宅办……的几任领导和有关工作人员，多年来都在为书隐楼问题操心劳神啊！雷雨季节尤其台风将临，随时都有可能倒塌，成了我们区关注的隐患，干部们的隐忧。一直未能根本解决的关键，在于书隐楼虽列入了市级文物保护单位，产权却属于郭氏家族所有。而郭氏家族现有好几房子孙，分别生活在多地，有的生活在海外，意见一直未能达成一致，郭经纶老先生住在危楼里面，常常提心吊胆。

据此情况，经和郭老先生多次洽谈，反复商量，就解决问题的办法达成了一致，就是产权变更。根据书隐楼房产面积，和郭家的具体情况，我们提出了置换方案。在此长话短说吧，就是由我们区政府协调，由城建办、住宅办和文化局等部门的同志反复研究，在有关分管副区长指导下，想出了一个都认为是切实可行的解决方案：就是由区住宅办公室拿出适当的住宅房屋，转让给郭家，其子女每家一套产权房，郭老先生名下也有一套；与此同时，聘任郭老先生为书隐楼管委会顾问，可以一直住在书隐楼内，以便指导有关部门负责维修保养。应该说，这是一个尽可能照顾到郭家各房子孙的利益，又切实可行的方案。郭老先生表示可以接受，愿意配合做好工作。可惜有的子孙意见未能统一，这个方案也就未能实行……

我奉调到市文联任职前，在还未去新单位报到时，独自漫无目标的在老城厢东走走、西看看，鬼使神差似的就走到了书隐楼前，驻步凝神，看了很久，那破旧的房屋似乎在呻吟……一种没能尽力的愧疚感，使我连忙转身离开，但愿这个“难题”能早日获得解决！……

回　望

调离了工作岗位，“回头看看”任职期间的工作后果，很有必要

郭老先生顶着烈日、冒着酷暑骑自行车来找我，书隐楼的安危问题，使我久久难以释怀。尤其深夜时分惊雷炸响、狂风暴雨降临，我何止难以入眠，简直会心惊肉跳，拿起电话正要拨号时却犹豫了：我这电话打给谁啊？冷静下来以后，我决定抽时间回曾经工作过的南市区一趟，听听情况和意见。

我和现任区委领导通了电话，坦诚地表达了自己想在他方便时来区里一下，听听我在区委主持工作期间的情况和问题，特别是以下两个方面：一是我在区委书记任上时，所提拔的副处级以上干部，是否称职？有无提拔任用不当等情况？二是在这期间，查处的副处级以上干部的情况，有无处分不当或造成冤假错案的？

现任区委主要领导非常理解和支持，表示将由组织部和纪委作好准备。

按约定时间，我回到曾经工作过的南市区委，在区委书记主持下，区委组织部负责同志报告说：上届区委共提拔任用副处级以上干部 ×× 人，现在看来，都在自己岗位上积极工作，只有个别同志工作能力有待锻炼提高，未发现提拔不当的。区纪委的负责同志说：在这期间，共纪律处分过副处级以上干部 ×× 人，现在看来，有一人处分过重了些……

听了以后，我感到心上的一块石头放下了。

当然，我适当地表示了希望关心书隐楼的保护问题。

此后，我鬼使神差似的过段时间就会去老城厢东走走、西看看。有次和妻子女儿去书隐楼，买了三张门票，不料有位老人认出来脱口而出：“你是以前来过多次的李区长吧？”于是，又将购门票的钱退还了……

赠　　鞋

"脚走不出鞋子。祝你们穿新鞋、走新路、写新作品！"

消息传来，经国家批准立项的上海地铁建设，将要开工了！我兴奋之余，想到当年派去回归祖国以前的香港，参加中华总商会举办的一个培训班，到达香港的当天晚上，同去的一位同志向我这带队的人请了假，去看望住港亲戚，却深夜未归。我作为带队者，心急如焚，如他再不回来，我就要向"家里"报告了！

正在这时，他回来了，兴奋地对我说，他是乘地铁回来的，又绘声绘色地说，乘地铁多么快、多么稳、多么舒适啊！他还对我说：就在中国大陆"文化大革命"开始的那年，香港开工建设地铁，可我们上海到现在还没有……

上海地铁建设如今开工了，文联应该负有怎样的责任呢？文艺家们也不会甘愿缺席，我们文联怎么办？

这一项目的指挥部负责常务工作的许克让同志，正巧是我熟悉的、当年南浦大桥建设工程指挥部负责同志之一。那时，我在南市区政府供职，我们经常见面，而且成了朋友。我于是就想尽快前去拜访，听听他的情况介绍，对我们文联有怎样的合作意向？

当我来到衡山路上的市地铁建设工程指挥部，一走进老许的办公室，两双手就紧紧地握在了一起，话题马上就进入了地铁建设工程情况。我问这问那，他如实告知，老友久别重逢，谈得无拘无束！

当我提出想组织作家艺术家来地铁建设工地体验生活时，老许马上高兴地表示："我们以实际行动表示欢迎，为每位作家艺术家定制一双皮鞋，免费赠送！"老许风趣地说，"脚走不出鞋子。这新鞋子祝作家们穿新鞋、走新路、创作新的作品！"

这使我马上想到，说这话的是一位"笔杆子"呀，他的文章朴实生动。于是，我们会意地笑了，都连连点头。

"请你配合，将参加到地铁建设施工工地深入生活的作家艺术家的名单，和穿皮鞋的尺码，告诉我们，以便去皮鞋厂定做，保证合脚！"许克让胸有成竹地说，说得很爽朗。

"这……"我一时不知怎么表示为好。

"我印象中你是个爽快人，这会儿怎么有些犹豫不决了？"老许拍了拍我的肩膀说。

“我在想，可不可以用我们两家的名义，为来地铁工地生活的作家艺术家定制皮鞋？”我说。

“这没问题，就以我们两家的名义赠送，但这点费用，不必你们文联出了，你就放心吧！”

……

经过洽谈，我们文联和地铁公司于1994年9月23日，在文艺中心，由双方领导人签订了合作的协议书。

作家、艺术家参加地铁建设工地体验生活的热情都很高，报名人数不少，我们就按分期分批原则，作了安排，组织作家、艺术家到地铁建设工地深入生活的活动有序进行。

我和我的作家朋友去地铁建设工地，坦白说，没有穿地铁公司赠送的那双新皮鞋，既不是因为舍不得，也不是不喜欢这款式新颖的好皮鞋，而是我在家里穿上试走了几步，感到有点不习惯，走路有些不那么舒服，就仍然穿了天天在穿的那双旧皮鞋。没想到副总指挥许克让同志这么细心，他陪我下工地时对我说：“你怎么没有穿我们送的新皮鞋呀？”

“实话对你说，穿了有些不习惯，就又换了这双旧的。”我说。

“你不是一个喜欢穿旧鞋、走老路的人啊！”

“脚虽然走不出鞋子，却也可能穿新鞋、走老路。走老路是不能怪鞋子的呀！”

“哈、哈、哈、哈……”

我们的笑声似乎有些放肆，自然引来了人们的侧目，但那目光中，只有喜悦，别无他意！

在组织作家、艺术家深入地铁建设工地现场体验生活的同时，为了让作家、艺术家们了解地铁建设的全面情况，决定分期分批组织大家听取地铁指挥部作情况介绍，还邀请劳动模范张耿耿同志和地铁建设总指挥等领导，分别来到文联，向文艺家们作了报告，受到大家的欢迎。

此时此刻，我们文联党组和主席团的同志讨论认为，这次组织文艺家深入地铁建设工地体验生活不是目的，而只是开端，还要有目的、有计划地将这项系统工程继续进行下去。对了，这也可以说是文联的“重点工程”，必须齐心协力完成好。于是我们多次和地铁公司领导碰头，研究解决具体实际问题，我也不止一次到地铁工地，穿的是地铁公司发给的新皮鞋，穿穿也就合脚了、习惯了……

我在向领导汇报这个“系统工程”的时候，概括为三个重点项目：

第一，作家艺术家深入地铁建设工地体验生活，我们要做好组织服务工作，确保安全有序，服务热情周到，并要互相配合，事后和地铁公司一起做个小结。

第二，在下工地体验生活的基础上，组织有意向的同志撰写报告文学，作品先在《文学报》发表，而后编辑成书出版，要争取在地铁一号线通车前完成。并请一位有关市领导同志为这本报告文学集写篇序言。

第三，在此基础上，组织有关作家、艺术家开会探讨：如何创作、拍摄以上海地铁建设工程为题材的电视连续剧？并力求顺利推进，写好剧本、组织拍摄……

向上级领导汇报了我们以上的打算，得到了肯定和鼓励，并提醒我们：要充分估计到工作中的困难，知难而进。大家都认为：这应该也是文联工作一项重大系统工程，要齐心协力，勇于开拓、探索！这个项目列入市文联工作的重点，要调动文联全体干部职工的积极性，齐心协力地去做好这项工作！

为此，我们在进行学习讨论的基础上，进行分工负责，由文联研究室组织作家艺术家讨论地铁建设题材的电视连续剧的创作、拍摄问题；报告文学的组稿等工作，则由《文学报》负责，文章有的可先在报纸上发表，而后编辑成书正式出版；并明确各处室分工合作的职责任务，落实到人，要求量化指标和明确工作进度……

我还在想，如何通过这项创作实践活动，探讨文联要不要抓创作和怎样抓创作这两个问题。

笔　痕

地铁建设在祖国大地留下印痕，作家为此也要留下笔痕

上海第一条地铁建设工程可谓史无前例，也可以说是机不可失、时不再来，我们上海的作家艺术家去体验生活，机会难得！许克让同志是一位爱好文学的建设系统领导人，这才会主动提出为来地铁建设工地体验生活的作家、艺术家每人量身定制一双皮鞋的倡议，并积极加以落实。我穿着这双新皮鞋，想到人们耳熟能详的话："你的脚走不出你的鞋子""但你可不要还在穿新鞋、走老路啊！"发给作家们的这双新皮鞋，可以说是倡导文艺工作者走深入现实生活之路，以利于创作出受人民喜欢的优秀文艺作品。

《文学报》当时是市文联主办的一张全国发行的专业报纸，地铁建设这项重点工程的文学创作等任务，可以也应该交由《文学报》负责进行，我们都认为这样非常适合。

况且报社领导班子的积极性都很高，有利条件比较多，写的文章可先在《文学报》设专栏发表，而后编辑成书，由出版社正式出版发行。在专题研究这项工作时，报社的领导同志热情都比较高，并积极行动起来了，表示要努力赶在上海地铁一号线通车典礼之前，出版发行这本报告文学集，赠送参加通车典礼者每人一本！

分管城建的副市长夏克强同志，我在区里工作时就有所接触，如今是地铁建设的领导人之一，请他为这本书写序言是最佳人选！在征得有关同志的首肯后，我前去邀约，克强同志是位爽快人，满口答应。我开心地说："你当仁不让、笔到成功！"他在报告文学集《地铁情》所作序言中写道："这本书是历史的忠实记录。作家们以高度社会责任感做了历史的忠实代言人，并为后人留下了一笔宝贵的精神财富。更值得一提的是，这三十多位作家、记者下基层、走工地深入生活，在短暂的时间里，创作这样令人振奋、催人上进、鼓人斗志的作品，可喜可贺……"

作家赵丽宏、肖岗、陆其国、胡根喜、陆林森、张重光、朱金晨、李连泰、刘希涛、成莫愁、彭瑞高、胡绳梁、桂兴华等，所有本书作者，都热情为写好自己的文章深入采访、用心写作，付出了智慧和辛勤劳动。赵丽宏同志的《从梦想到现实》、费凡平的《地下尖兵》、张启国的《采写不完的故事》……读来亲切感人；许克让、夏耀杰撰写的《历史回音壁》，至今还令人有音犹在耳之感：1863年，在英国泰晤士河畔的伦敦诞生了世界上第一座地下铁道，紧接着法国的巴黎、美国的纽约和日本的东京等四十个国家的八十八个大都市相继出现了地下、地面与高架为一体的现代化交通客运体系……50年代初期，周恩来总理视察上海时，就说过“上海需要建造地铁，每年建一二公里”。我想，如果周总理在天之灵知道上海地铁一号线通车了，也会为之欣慰的。

担任编审的丁锡满、张启承、丁法章、陈圣来、赵长天、朱烁渊、郦国义都为本书的顺利出版，付出了智慧和辛勤。执行主编边凤豪同志认真负责而又细心，作出了贡献！

我有幸和市人大代表们一起，试乘了上海地铁一号线的首趟列车。在崭新的车厢里，代表们都喜形于色，谈笑风生，我更是感慨良多。

试运行成功，上海地铁一号线通车典礼在人民广场站隆重举行，我有幸参加，并和文联、《文学报》的同志一起，向每位与会者赠送了一本还带着油墨香味的《地铁情》报告文学集。大家拿到这本新书时的笑容和夸赞，不仅是对本书作者、编者，也是对所有为上海地铁建设作出贡献者的夸奖！

此后，我在乘坐上海地铁时，常会想到那双很不寻常的皮鞋和那本报告文学集《地铁情》，还有那八集电视连续剧《相约在春天》……

留　　春

电视剧《相约在春天》，让上海地铁建设的春天常留心田

要不要和能不能由文联创作、拍摄以上海建设地铁为题材的电视连续剧？这是个有争议的问题。不同看法的争论是好现象，有益、有利于文联工作开拓创新。其实，起初我也拿不定主意，上级并未布置我们去做这件事情，剧本创作首先要考虑能否成功拍摄？拍摄了能否被社会接受？更实际的问题还有资金怎么解决？

经过反复磋商，于1994年9月23日，由上海市文联和上海市地铁总公司，就联合创作有关地铁建设的系列文艺作品达成协议，在市文联举行了签字仪式。

签约后的压力之大，我和我的同事都心知肚明。怎样让压力变为动力？只有依靠大家的积极性，凝聚大家的智慧和才能！我们分别和有关同志反复商量，集思广益，制

定了创作计划并尽快付诸实施。文联研究室勇担重任，有关同志都非常热情地夜以继日地辛勤工作。

上海东方电视台、上海市地铁总公司联合摄制的八集电视连续剧《相约在春天》于 1996 年 6 月 24 日起，在东方电视台首播。

市文联为此发的《简报》上写道：我们认为《相约在春天》是我国第一部直接反映地铁建设者风貌的电视连续剧。在审片会上，大家认为该剧是“一部高扬主旋律的作品。主题积极向上，催人奋进，是一部贴近时代、贴近生活、贴近人民的电视剧”。上海市地铁总公司总经理石礼安、党委书记鹿金东代表公司全体职工，对艺术家成功塑造地铁建设者的形象、热情讴歌建设者精神风貌，表示衷心的谢意。

这份《简报》，无疑出自负责编发《简报》的文联办公室主任郑其涛同志之手。我想对他说一句迟到的真情话：“辛苦了！谢谢你！”

在这儿没有提到但却值得一提的是：文联研究室的同志功不可没！研究室人手不多，事情不少，从未做过的这些工作交给他们，这个群体总是来者不拒，是个富有开拓精神的集体，配合地铁建设承担了此项重要任务，作出了显著成绩！

以地铁为主题的电视剧《相约在春天》正在顺利进行时，突然听到许克让同志患病住进医院的消息，我心头一颤，马上跳出了这样一句话：他是累病了啊！我当即赶到医院，看到他坐在病床上，还在看着什么文件！

“老许！”我喊了几声，他才扭过头来，看到我后就急忙起身。我连忙急步上前按住他，接着四手紧握，久久不放。

“你长期超负荷工作，哪能不要累倒呀！”我说。

“没事，歇两天就好了。”他说时笑了笑，笑得有些勉强。

接着，他就和我谈起地铁建设方面的工作，今天要商定的是联合摄制反映上海第一条地下铁道建设的电视剧，也就是后来播映的八集电视连续剧《相约在春天》……

据知，这部反映上海地铁建设的电视连续剧，在国内各大城市相继放映，收视率都很高，反响也比较强烈。首映以后的连续好几年，每逢国庆节，在多个城市，都有电视台重新播映。

电视剧《相约在春天》，通过老一辈科学家、年轻中国工程技术人员和工人这三条线，展开故事情节，体现思想观念冲突，从而塑造了李坚、林磊等人物形象，具有开放性和海派文化特点，是上海市文联主创的第一部电视连续剧。当然，难免有不足之处，经验与教训都值得记取。

扬　　帆

抓斗大王包起帆，乘风破浪，扬帆前进，走潇洒人生路

我奉调到市文联工作后不久，很自然地想到，应该请连年荣获全国劳模称号的小包同志来文联交流。他也喜欢我叫他小包，就这么习惯成自然，连我写他事迹的文章，也题为《小包》！

我提议请劳模包起帆来同文艺家们座谈交流，获得一致赞同，于是我就打电话告诉小包，他满口答应。1994 年 5 月 13 日下午，下着倾盆大雨，全国劳模包起帆冒雨准时来到会场，人们为他鼓掌，向他献花，他面带笑容尊称文艺界前辈、老师后，用上海话像谈家常似的，汇报了自己怎样对待工作，怎样对待困难，怎样对待公与私，怎样对待同志和自己，怎样对待改革开放，这几个当时的现实问题……

在和百余位作家艺术家座谈交流时，包起帆畅谈了自己的成长过程和切身体会，还应与会者的要求，对上海文艺界朋友提出了希望。

时任市作协党组书记的著名诗人罗洛同志，在会上发言时认为：包起帆同志的事迹，既是对文艺界的鼓舞，也对作家、艺术家提出了新的要求。秦怡、筱文艳、乔奇、杨华生、孙爱珍等同志，都在座谈会上谈了自己的体会。

出席座谈会的还有市文联副主席赵长天和文艺界代表人士刘泉、桑弧、包文棣、曹简楼、吕其明、王品素、郑拾风、毛时安、陆星儿、邓风鸣、王玉振等。美术家徐昌酩、书法家王伟平，向包起帆同志赠送了自己的作品，表达了上海文艺工作者对这位劳模的敬意。

说到和包起帆的友谊，那可得从我在南市区政府任职时谈起：春节期间到地处南码头附近的煤炭装卸区慰问劳模时，只见他正在用铁锹，从船舱里向卷扬机上卸煤，满脸的煤灰只见两眼炯炯有神……我一直对他怀有敬佩之情。他发明了一系列的“抓斗”，成了闻名的“抓斗大王”，一直没有停止发明创造，多次被评为全国劳动模范。

壬辰年春节前夕，他来到我家，依然是面带笑容，今天笑得更灿烂，因为他领衔的团队原创的“电子标签”，经国际化标准组织投票通过并颁布了！这是零的突破，是第一个由中国专家发起和主导的国际标准，也是中国自主知识产权上升为国际标准的典范！消息传来，人们无不欢欣鼓舞。我作为老朋友，更加为他高兴，即兴提笔写了文章《包起帆的笑》……

后来，我得知包起帆同志调到一个海运装卸公司任经理，难免会对他有些牵挂，就抽时间去看看他。我来到龙吴路上的轮船公司，见到的小包经理，依旧是那笑容满面、穿着朴素的抓斗大王形象！当时，接待的同志对我说，包起帆当经理像经理，是劳模型经理，动嘴又动手，整天忙不停！

当时，小包正在开会，他让一位老同志先陪我参观的时候，这位同志主动告诉了我这样一件事：就是前不久，突然寒潮来袭，气温骤降，刚靠码头的两艘远洋货轮，装载的都是进口的新鲜香蕉，如不采取有效的保温措施，就会冻坏，报废，损失惨重。怎么办？包总经理将这一情况公之于众，呼吁职工们出主意、想办法！想不到职工中有人出了个主意，大家立即行动起来，纷纷从家里扛来棉被。有的用车运来好几床棉被，有的还是新婚期的新棉被，更有的是去亲戚朋友家借来的，也有自己掏钱临时去买来的……这奇特的职工带棉被来上班的场面，实在壮观，令人感动……棉被盖香蕉，避免了损失，传为佳话！

后来，我服务于上海大学海派文化研究中心时，为迎接上海世界博览会，组织创作一套“海派文化丛书”时，我就想到应该要有介绍代表上海先进人物的一本书，很自然地想到了包起帆！于是提出建议，得到同志们的赞成。就开始行动，请来包起帆和作家许平同志见面交谈，随后安排包起帆来到上海大学，为同学们作亲身经历和成长体会的演讲，同时请许平同志现场听他讲课。而后，我请两位一起边用餐、边交谈……

长话短说。作家许平同志从此和包起帆成了朋友，她深入采访、精心构思，利用业余时间，写成了三十三本“海派文化丛书”之一的《海上楷模——抓斗大王包起帆》这本书，受到读者们的欢迎和专家的好评！签名售书时的热闹情景，我一直记着；许平和包起帆双双为读者签名的留影，我也一直珍藏着！

我和小包同志的如水之交，使我得益匪浅，不仅学习他的事业精神、创新经验，还一直在从追问他的为人处世、精神品格中，受到启发和教益，我虽然不能学习他的发明创造经验，但我应该也可以学习他的为人处世的精神品格……

就在我写这段文字的时候，小包同志给我发来短信，告诉我说：“为了配合上海科创中心建设和上海工匠精神的培养，在市教委的支持下，我的母校二工大（上海第二工业大学）兴办了‘包起帆创新之路展示馆’，占地 200 平方米，投入 1 500 万元，把我从工人开始一直到现在的

与包起帆、秦怡、张瑞芳

创新，全部陈列出来。我已把所有获得的国内外金牌、奖状、奖品和工作资料，无偿提供给展示馆，目的是为了让职工和学生从我的创新之路中得到启示：一、创新就在岗位，始于足下；二、创新不问出身，人人皆可成功；三、创新要有方法，垂先示范，锲而不舍，不畏艰险，共同成长，分享成果等；四、创新要有核心价值观引领，以金钱为目的的创新不可持续……”

这是他的经验总结，实在可贵，而且可学！

我虽年迈，也要继续以抓斗大王为楷模，学习他为人处世的宝贵经验，并传播他的事迹。希望有更多的年轻朋友向包起帆学习，更希望我们上海、我们中国有更多的包起帆式的同志涌现，为我们伟大祖国的繁荣昌盛多作贡献！

小包同志在短信中还说，现在展览会正在布展，计划于今年 9 月 28 日上午，在“二工大”开幕，要请我去参加云云。我欣然应允，前去参加，既是为了向小包同志表示祝贺，更是以实际行动，向小包学习，高扬生命风帆，破浪前进！

心　　债

负债如负重，心债虽不计数亦无期限，但压力心知肚明

说来令人发噱，那天乘车前往浦东新区，应约参加上海书画家为浦东开发开放而创作的书画作品举行的展览会，不知怎么搞的又迷了路！驾驶员小杨同志是位有经验的老上海，在我的瞎指挥之下，兜了好几个圈子，还没有找到目的地。迷路的原因不言自明：浦东的面貌在迅速改观，有的地段用“日新月异”形容也不为过，驾驶员找不到要去的地方，是不难理解的。而我自以为对浦东很熟悉却也迷路了，显然这和自己当时的思绪有关，因为我又无法排遣地想到了自己的写作问题：“欠债哪日是还期……”当然，我欠的是文债，或曰笔债，其实是心债！

好不容易才找到书画展览会的所在地，当然是已经迟到了，我向站在门口等候的同志连声抱歉，也难以掩饰自

己的窘态！观赏散发着油墨馨香的书画作品时，我又想到自己的创作，心里在说：写小说，尤其是长篇，不像画画、写字，那是要有整块时间的呀，我哪来整块时间？

说来我还欠着浦东人民的情，不，也是欠着浦东人民的债，一笔文债！

那是1979年夏秋之交时，我重回上海以后不久，上海市作家协会举办了一个创作研讨班，我有幸接到通知，欣然参加学习。创作研讨班的后期，安排学员有采访或写作的时间。申报了写作计划的，这一周时间自行安排，或外出采访或在家写作。我和浦东有缘，在浦东劳动生活过一段时间；又曾经任职于南市区，是横跨浦江两岸的临水地段，浦东辖区有四个街道一个镇。我知道在抗日战争时期，浦东曾经有过一支声威震天的抗日游击队，与日本鬼子斗智斗勇，事迹可歌可泣！我就想写写这个题材，于是上报了这一计划，持介绍信来到南汇、奉贤两县，花一周时间，在当地文化部门帮助下，寻访到了当年的游击队员，进行了采访。当打听到当年的游击队队长朱亚民同志，现住苏州，我就立即赶了过去，同朱队长深谈了整整一天加一晚……

苏州采访回来后，我和《解放日报》“朝花”副刊的编辑同志交谈后，写了其中的一个片段，题为《在上海养伤的日子》。发表后引起反响，文朋书友都鼓励我继续写下去，期待着就这个题材创作有成！可是，我却使他们失望了，每当想到朱亚民同志领导的浦东游击队，我总深感内疚！

年近花甲，心想退休后就有时间了，我这个业余作者，就可以“专业写作”了。就在这时，奉调来到市文联任职，想到再工作年把时间，就可以退休了，也就可以“专业”写作了，也就能还掉这笔文债了！可是，现在看来，工作与写作的矛盾还是难以解决！当然，这并非只是时间的问题，更有精力包括心力的问题，当然都是自身的问题……

有时我也找个理由安慰自己：没有整块时间写长篇，写写杂文、随笔之类的短文章，也是写作，写得好也不容易呀！但一想到浦东游击队这件事，我还是难以原谅自己！

我这个欠着笔债的人，不知哪天才能“无债一身轻”啊！想来这也容易自我解脱：当工作与写作有了矛盾，无疑应该服从工作需要，那就做个业余作者。业无余，不写作，能谅解！是的，我从小爱好读书，青年时喜欢上写作，处女作《闹钟回家》发表后，为上海市青年文学创作小组小说一组副组长呢……

看来，我要准备一辈子做一个心债累累的业余作者了，哈哈！

敬　　仰

对文艺家心怀敬仰，是社会尤其是文联要营造的风气

出席与包起帆同志座谈交流活动的文艺家，都是值得敬仰的。其中的郑拾风同志，是我尊敬的杂文大家，今天才知道是我们文联的老同志。此前，我常常从报刊上读到署名“拾风”的文章，总是一口气读完，有的还读了再读，因为喜欢、过瘾、解渴，有的还令人消气，有了指望。拾风，何许人也？那时我还不知道，也不去打听，但肯定是一位杂文大家、文坛前辈，令我敬仰，这就够了！

没想到我会奉调来上海市文联任职，更想不到的是：我和拾风先生成了一个单位里的同事，是我服务的对象之一！

第一次见到久仰的文坛名家，是在文联的第一会议室，和同志们一起开会学习。因为我是初来乍到，不免要一一介绍，啊，久仰的作家拾风，郑拾风同志，《上海戏剧》杂

志负责人。我们第一次紧紧握手，笑脸相对，随意交谈，虽不能说是一见如故，倒也随便自然，所幸他也关注了以笔名耕夫写写小文章的作者了！

拾风先生原名郑时学，曾用笔名仆欧、令孤畏、时学、石红等，四川资中人，1937 年毕业于泸县川南联立师范学校。早在 1940 年就参加革命工作，1979 年加入中国作家协会，曾任《上海戏剧》杂志社编委、编辑部副主任。作品有长篇小说《飘零》、专著《百喻经》等。原来他不仅杂文写得好，戏剧创作更加成果丰硕，昆曲剧本《蔡文姬》《钗头凤》《夕鹤》《琼花》等，都很有影响，昆曲剧本《钗头凤》获文学剧本一等奖……

我对拾风先生心存敬重，但只是礼节性交往，如开会时见个面、握下手，寒暄几句而已，春节拜年也只是按分工匆匆忙忙走过场，没能向他请教，同他细谈，甚感遗憾！直到他写的剧本翻译成日语将在日本演出，受邀请拟申请赴日本访问，我们才面谈了一次。

就在申办赴日访问的时候，拾风先生体检时据说发现异常，说是肠息肉待查，于是住进了华东医院，动了手术，化验结果，其实却是癌症！先生申请赴日观看自己创作的以日语演出的剧本，成了难题！记得我到医院去看望时，病床上的拾风先生还是坚持要求赴日能成行……

不老的时间老人，永不停息地迈步向前。拾风先生的病会驻足的。

没过多久，日本方面寄来拾风先生的稿费，我们代为收下后，决定由我去送交给他。我对这项任务事先做了功课：拾风先生对此会有几种反响？怎样劝慰他？

出乎意料的是：当我来到病房见到躺在病床上的拾风先生，他对我的到来还是礼貌相待的，但一听到日本寄来了给他的稿费，就勃然大怒地说："我还要这钱何用？"重复说着这句气话，将接到手的稿酬，狠狠地扔了出去！

我和随同来的同志一起劝慰他、安抚他，他还是怒不可遏！

连医生、护士也闻讯走进病房来了，安慰加劝说，请他保重、安静休养要紧……

拾风先生已经知道自己的病情，如此举动，可以理解！

此后，拾风先生还坐在轮椅上，到市文联机关来，看望了同事们。哪想到此后一周，他就于 7 月 3 日与世长辞了，享年七十六岁。

我和我的同事，都为失去这位老作家而痛惜！想必他的家人更是悲痛。我和我的同事来到拾风先生的家里，向其妻子儿辈表示安慰。在谈及拾风先生的饮食起居等情况时，我们都为先生的不幸逝世深感惋惜，也谈到了从中可以得到一些人生启示：那就是如何做到饮食起居有规律，怎样尽量避免过多熬夜和节制烟酒……

收　入

钱的功能，怎样理解和怎么运用就会有怎样的效果

调到上海市文联工作以后，我常听到有的同志嘀咕说，这里收入太低，干好干差、干与不干一个样，每月就只拿那么一点“死工资”，或者叫“赤膊工资”，没有一分钱奖金！有的还对我直言：“像我们这样，只拿这点工资，没有一分钱奖金，全上海可能没有第二家吧？我看是独此一家！”

我听了这些反映无言以对，只好笑而不答，但却不可不闻不问。谁叫你是这里的负责人？初来乍到，暂时怪不到你头上。如果我做到自己到龄了，就要退休了，仍不闻不问，这，我做不到！也说不过去！我只有认真听取，仔细分析前因后果，下功夫去力求解决，来实的，改变！

我于是到有关部门了解干部职工的工资收入情况，商量如何在政策允许的范围之内，尽快提高文联干部职工的

待遇。有的同志则说，关键是要有钱，问题是钱从哪里来？有了钱，还有个怎么发放的问题。

文联的同志要第一次发奖金了！这消息确实不同寻常，口口相传，议论纷纷。有的说，有了第一次，就会有第二次，今后就会继续发下去，开头这次奖金虽然每人只有五十元，是很少，又不分部门和职务，也不进行评比、拉开档次，先来一回平均主义、吃大锅饭。有的同志笑着说道：这是撒了点"胡椒面"，要的是皆大欢喜，记住这个开头的第一回！以后嘛，就会继续有了，也会增加的，当然会有的多、有的少，拉开档次！但这开头第一次拿奖金，平均每人五十元钱，是蛮值得记住的，今后也会引起回忆的！

我没想到，这次平均每人发五十元奖金，会引来这样的"皆大欢喜"。有的同志将拿着五十元纸币的手，高高举着、大声欢笑着，显得非常开心。

开心，是无价的。

我更没想到的是，这第一次每人发五十元奖金，却引来了不同的议论，并涉及我：

"领导也一样，只有五十元？"

"你说谁呀？一把手吧？他怎么会只拿这一眼眼？人家在区里拿工资、奖金，肯定是很多、很多！"

……

这样的议论，我不是当场就听到的，也不是马上就知道的，而是事后，我才间接知道的，当然是我在工作中留心听取的，在请负责这项工作的同志汇报情况时，当场确认这一反映是事实。我说这意见很好，值得我认真对待！

这一方面反映了文联干部职工工资以外没有奖金收入的事实，另一方面是关于我作为文联的干部，不同大家享受同样待遇。不错，我在区委书记岗位上任期届满，举行换届选举后，市委一位领导同志找我谈话，让我去市文联党组任职，我说了句："我已经五十九岁了呀！"言外之意是不言而喻的。

服从组织决定，这是起码要求。在办理调动工作手续时，领导明确讲到：供给关系仍旧在区里，到时候在区里办理退休手续。

当然，像我这种情况的，据说并非只有我一人，何况我已快到退休年龄了呢？

但这却使我无法释怀。想到目前文联的工作正待打开局面，亟需调动干部们的工作积极性，我这供给关系问题，如果就这样下去，虽说只是个别同志的反映，但如果充耳不闻、不了了之，那一定会在干部群众心里留存个疙瘩，不可能不影响他们的工作积极性！怎么办？

好办！我毅然决定，那就把我的供给关系，转到市文联来，和同志们同样的待遇！

于是，我立即去区里办理了手续，将供给关系转到市文联来了。

事后不久的一天，我接到市委分管干部工作的副书记的秘书打来的电话，说是让我隔天的下午三点半，去一下陈副书记的办公室，他有事情要找我。

我第二天按通知约定的时间、地点，去了。

一走进陈副书记办公室，他劈头就问："你把供给关系转到市文联去了？"

我笑着点点头："已经转好了呀。"

"收入每个月影响多少？"他问。

"七百块左右。没事，没问题。"我说。

"这怎么办？那只有到你办理退休手续时，再转回区里去了。"他习惯地摇了摇头说。

"你放心，没问题。"我笑道。

他微笑着点了点头……

这个问题的谈话，到此为止，转换到别的方面去了。

在我们握别时，陈副书记又叮嘱了一句："对家里人要做好工作。"

我不置可否地点点头说："我们文联干部的收入，只是'赤膊工资'，没有奖金，我正在想办法，增加文联同志的收入，希望在市委分管领导和宣传部长那里，请你代我们反映一下，请领导对文联干部职工多加关心，财政拨款方面，要有所倾斜！"

这次谈话，给我留下的印象是深刻而清晰的……

故　事

创作《东方小故事》的故事，也有撼动人的心灵之处

这里，我想摘录一段《1994年上海市文联大事记》的内容：

上海市文联确定“繁荣创作是文联工作的出发点和落脚点”。去年受宣传部委托，市文联组织创作的《东方小故事》电视短剧于近期播放，受到了各方面的重视。

1993年3月，市文联根据市委宣传部和贝尔公司的有关要求，决定组织策划和创作表现爱国主义的电视片。这项工作作为1993年工作重点，由李伦新直接领导，文联研究室具体运作。邀请文学影视作家叶永烈、赵耀民、王建平、张重光、夏中义、汪培、赵抗卫等同志组成策划班子，同时，宣传部还召集相关人士献策咨询。

《东方小故事》从策划到百集剧本定稿，历时一年，动员了社会广大力量，最终圆满成功，既繁荣了上海文艺，也为文联组织文艺创作积累了经验。

重读这段如实抄录自当年文联大事记上的文字，作为当事人之一的我，是颇有感触的。时光流逝，年岁增长，往事记忆日渐淡忘，我写这样的回忆文字越来越感到吃力，但却又觉得有责任尽力而为，以便从中汲取一点有益的经验和教训，别无他意！

从上述摘录的原文中可以看出，当时我们是将“繁荣创作是文联工作的出发点和落脚点”来认定的，这一确认，是有个过程的，当时认识也不完全一致。记得市委宣传部要求我们研究：如何以形象生动而又有感染力的文艺形式，向青少年进行传统教育？于是我们就此召开了座谈会，并个别征求意见，认为拍摄电视片比较合适。于是我们开始拟定了一个初步设想：打算拍摄以“怎样做人？”为主旨、以“一人一事一主题”的东方小故事，用“微型电视剧”的形式，有计划、成系统地连续进行。

经征求意见建议后，得到认可。

从家喻户晓、代代相传的我国古代名人的故事中，选取精彩的片段，有情景有人物，容易记又容易传的故事，拍成电视短剧，定名为《东方小故事》系列电视短片，每片以一个人物为主，讲述一个有头有尾、易记易传的小故事。

格局定了以后，选材是个繁重任务，汪培老师等人在这方面花了许多精力，查阅了大量的资料，提供了有用的线索，让作者参考。我选择撰稿的是《卧薪尝胆》《凿壁借光》《岳母刺字》，资料也是汪培老师提供的。

剧本写作以后，拍摄电视短片的任务，交由我们文联所属的文化公司负责，经理高胜利同志对这项任务高度重视，在毫无经验和相当困难的条件下，顺利开展起来了。

《东方小故事》系列电视短剧，在电视台连续播映以后，反响是好的，鼓励的话不少。

在这项工作中，张大成、姚扣根、胡晓军、祖忠人、姚卫和等同志，都作出了贡献！

将《东方小故事》的电视剧本，改写成故事，并成书正式出版，这样的呼声很高。我觉得这确实很有必要，但也有难度，且工作量很大，怎么办？

经和参与创作的同志们商量以后决定，应该迎难而上，由撰稿的同志分别改写，所有参加改编者按姓氏笔画排序，设主编，由市委宣传部定，副主编经请示上级领导后，定为：李伦新、袁采、韦群。

这个安排，大家都谦让，没有争议。于是，请德高望重的国画家朱屺瞻先生题写了书名。时任中共上海市委副书记的陈至立同志撰写了序言，她在序言中写道："《东方小故事》的作者们，用他们真挚的爱国主义情感，为弘扬中华民族传统美德，做了一件实事。”

这本小书的影响确实不小，首印十万册，不久就又加印了二万册，可见很受群众欢迎。

由此可以看出，组织文艺创作，应该是文联工作职责中的应有之义。问题是怎样组织创作？主导创作什么？如何服务创作？这些都值得在实践中探索并不断总结和改进。

表　　彰

事在人为，关键在于要调动干部职工的积极性

我们文联的同志，文化水平大都比较高，一般都有文学艺术方面的专业特长，也就是说富有知识分子的共同特点，理应得到尊重和爱戴，充分发挥他们的积极性和创造性，这是我始终在提醒自己的。

发扬先进，树立榜样，这是行之有效的做法。我们文联是否也应该评选、表彰先进的同志，树立学习的榜样呢？这个问题一经提出，可谓众说纷纭，几经酝酿，还是达成了共识：应该也可以评比表彰先进。

评比先进的过程，就是弘扬先进、学习先进的过程。文联系统共评出1994年度先进工作者二十一名，他们是：丁玉玲、王大有、王毓麟、周元吉、周荣耀、周演吉、陈云发、张惠玉、施选青、沈浩、郑奇涛、郑雪瑛、赵咏梅、徐缨、徐昌酩、杨柳、杨永健、杨雪华、祖忠人、黄林生、郭

志群同志。

这次评选表彰的同志，都是值得我好好学习的。例如，美协秘书长徐昌酩同志，他自己是位画家，能正确对待工作和创作的关系，也可以说是能较好地处理个人利益与集体事业之间的关系，把美术家协会的工作摆在重要位置，认真负责地做好，美协会员对他多有好评，实属不易。我常常看到他下班时间过了，还在办公室里忙碌，总想着要为美协会员们服务好，为会员个人办作品展览，一年就有好多次，美协会员对他多有褒扬……

我工作上接触比较多的同志，当然要数文联办公室的负责人郑其涛同志了。说实话，初到文联时，我对办公室的工作是不满意的，如果坦诚相告，可以用“杂乱无章”四个字来形容！日久见真情。老郑显然对办公室的工作状况也是不满意的，正应了那句“牢骚中也有积极因素”的话，其实他是很想把工作做好的，而且有自己的主见！喏，在筹备召开市文代会的工作中，他的积极性和工作经验，不都发挥得很好吗?

我想，在文联系统倡导向先进学习，从我做起，大家参与，定期开展评比，表彰奖励先进，应该成为文联党组工作的常规。注重发扬先进，调动积极因素，也应该成为文联的工作常态。我们在这方面还刚起步，实际效果还并不十分理想，工作中还有很多不到之处，有待切实改进。

传　承

中华民族传统美德一脉相承，《东方小故事》是当代传承

《东方小故事》古代部分一百集面世以后，在社会上反响强烈，但尚缺现代部分的内容，根据观众的意见和读者的要求，我们又着手进行近现代内容的创作、拍摄。

近现代部分《东方小故事》，从我国近现代史中精心选择了五十六个生动的小故事，如冯玉祥植树、梅兰芳蓄须、闻一多治印等，既有代表性，又具体生动，同样拍摄成电视短剧，写成文字稿，出版了《东方小故事》续编本。

因为有前面的经验教训，这《东方小故事》近现代部分的组稿等工作，相对比较顺利，进展也比较快。

这里，我想应该提到的是：《东方小故事》主题歌的创作，入选的有《一生一世学做人》《一个故事记心间》《小故事金钥匙》《民族之光照我行》，主题都很鲜明，且各具

艺术特点；而传唱最广的，当属前者：《一生一世学做人》。每当学校放暑假或寒假，影院和电视台都播映《东方小故事》，其主题歌的声音，“一撇一捺写个人，一生一世学做人，打开历史的书哇，点亮信念的灯，东方的美德，东方的精神，做一个堂堂正正的人、堂堂正正的人……”就会经常响起，连学校里、公园内，有时也都能听到这拨动心弦的歌声！

正如编者后记中所写：“《东方小故事》续编一书，是《东方小故事》古代部分的延伸和发展，她是集体智慧的结晶，是上海作家们以其诚挚的心意送给青少年朋友以及全社会的一份厚礼。”

参加本书组织、协调、联络工作的有王家林、张大成、姚扣根、费元煊、贾依莉、王从仁、汪国真、苏毅谨、胡晓军、吴祖德等同志，他们都付出了辛勤劳动和智慧才能。

这里，请允许我以崇敬的心情，特别提到作为本书顾问之一的唐振常老师。当我们在酝酿创作《东方小故事》时，我就想到应该去请教毕业于燕京大学、曾任上海社会科学院历史研究所所长的唐振常先生，他的《近代上海繁华录》我是拜读过的，但只是浏览而已。据说，他还著有《上海史》等作品，理当邀请这样博学多才的长者当我们的顾问，把关、定向、作指导！于是，我就登门拜访去了。

唐先生热情接待，坦诚交谈，他以略带四川口音的普通话，讲自己的看法，对我指导帮助，使我受益匪浅。此后，有关《东方小故事》的活动，我们请他来指导，他都参加并直言自己的意见。有时，我们则登门拜访，个别请教……

《东方小故事》近现代部分，包括电视短剧、故事图书、彩色卡通画，都顺利完成了，这是凝聚了许多专家学者心血的啊！

在这项创作中，我当然不应该也不允许缺席，同样分配了两篇的任务，写了《孙中山改装》《陈毅吃墨水》这两个小故事。我将这两个小故事连同古代部分的三个小故事的文字稿，收进了我的文集中，因为我觉得这是个很有意义的创作项目，值得留念。

记得我在上海宝山国际民间艺术节期间，会见了我国驻法国大使馆文化参赞，交谈中他主动提到了《东方小故事》在巴黎放映的情况，旅法华人特别是上了年纪的华侨，对这个系列电视短剧非常欢迎，自发组织家里的孩子观看……后来我应邀访问法国时，又见到了这位文化参赞，他又提到了《东方小故事》，希望我们在弘扬中华传统文化方面多做些这样的实事……

实　　事

“办实事”三个字耐人寻味，其含义值得深思，更须实践

在区里任职，每年都要为人民办几件实事，这已形成制度，常态化了。到市文联上班后，我总在想：还要不要为文艺界办实事？这不能照搬照抄在区里工作的那一套，但贯彻为人民服务的精神又结合文联实际情况，为文艺家们办点实事，还是应该的，问题在于要从实际出发而又切实可行，让文艺家们大都满意。根据这一原则，经调查研究并多次讨论以后，确定了1995年要办的九件实事。

拿九件实事之一的“不定期地举办上海文艺界活动日”来说。第一次“上海文艺界活动日”，于5月25日下午，在文艺活动中心拉开帷幕，市委宣传部领导和中国文联百名文艺家万里采风团上海团的成员梁光弟、沈

鹏、时乐濛、吴祖光、乔羽、李琦、刘迅、梅葆玖、叶少兰、刘长瑜、杨延文、沈健瑾以及上海文艺界百余人参加。活动由我主持，朱践耳主席宣布：首次上海文艺界活动日开始！

这是探索为文艺界人士服务的途径和形式，因为没有经验，首次活动有这样几方面内容：一是欣赏朱践耳同志的音乐新作《第八交响曲——求索》、上海舞蹈学校的舞蹈《喜悦》；二是上海舞蹈学校的演出，舞蹈《喜悦牧歌》等。

活动内容还有华东医院内科主任郑伯生和外科主任戴松林为大家作健康咨询服务；市总工会法律事务所主任靳新用为文艺家们提供法律咨询服务。大厅内还设有图书、期刊和优惠商品专柜。四楼的咖啡室设有音乐茶座，沙龙免费提供卡拉 0K 娱乐，五楼会议室提供报刊阅览，以及桌球娱乐活动等。

作为上海市文联的文艺界活动日，要求内容多样、形式不拘，要从文艺界实际出发，适合文艺家的需要，力求得到大多数文艺家欢迎，不断提高满意度。例如我们和《解放日报》《文汇报》、上海师范大学、六里生活园区开发有限公司联合举办“古典诗词歌咏大赛”活动，决赛于 8 月 28 日在文艺活动中心大厅举行。作为文艺界活动日的一项内容，吸引了众多文艺界著名人士前来参加，龚一、岳

与袁雪芬（右）、马博敏（左）

美缇、张静娴等艺术家，表演了以中国古典诗词为内容的节目，曼吟低唱、诗意盎然，使人们陶醉在古典诗词的优美意境中。

文艺界活动日作为文联的一项不定期活动，内容、形式、规模都灵活机动，但都力求文艺家们喜欢和满意。如 1996 年 10 月 20 日重阳节，组织文艺家们登高远眺上海新貌，登上新锦江饭店四十一层楼，远眺了上海新面貌以后，一起品茗聊天时，我代表市文联，向老艺术家们致以节日祝贺，并向每位送上敬老慰问信。参加的有贺绿汀、柯灵、袁雪芬、张瑞芳、钱君匋、孙泰、谭抒真、罗洛、王西彦、桑弧、乔奇、赵冷月、方平、舒巧、杨可扬、李蔷华、储大泓、赵立群、笑嘻嘻等。正在上海的中国文联副主席、京剧表演艺术家张君秋偕夫人，也参加了这项活动。

从文艺家们的实际需求考虑，不拘形式地安排活动内容，如法律咨询，请法律专家来到文艺活动中心，为有这方面需要的文艺家作讲解并回答提问。这次有五十多位文艺家参加了法律咨询活动，认真听讲，不时记录。

著名作曲家何占豪感慨地说：“举办文艺界法律咨询日，这是文联为文艺界办了一件好事，我参加这个活动，心情特别激动。就在昨天，中央电视台播出的一部合拍电视剧中，我和合作者的作品《梁祝》遭到侵权，我不

文联组织的向灾区献爱心活动

知道类似这样的事情发生后，我应该怎么办？”翻译家草婴老师显得非常激动，他讲了《傅雷译文集》被侵权的情况……

文艺界活动日，这只是个探索性的开头，今后应该不断改进、提高，不时举办文艺家们欢迎的活动日，以便互相交流，切磋艺术，并联络友情，丰富生活。

宝　山

和宝山区联手办国际艺术节，优势互补，是一次尝试

那天，我接待了一位不速之客。她自报家门，说是宝山区文化局的局长，又开门见山地说，要和市文联联合举办宝山国际文化艺术节，并特别强调：要搞就搞国际性的！我的第一印象，这位宝山区文化局的女局长，是一位想干事而且要干大事的干部，给我留下了好感。

她胸有成竹地说，所以主动找上门来，是想和市文联联合举办国际文化艺术节，希望担任过区长、区委书记的文联领导，能够给区里以理解和支持，和区里联手办好这件文化实事！

我打量着这位初次见面的女局长，联想到共事过的一些区里干部，肯干事也能干成事的，大都有像她这样踏实而且务实的作风，于是就礼貌地说："很高兴接待你这位局

长。当然，支持是相互的呀，优势要互补嘛，文联的工作也要依靠区里支持、配合的！”

“当然、当然，市区合作，优势互补，一定能办成！”女局长说时，笑容可掬……

这次交谈以后，我和文联的有关同志，应邀来到宝山区，和区文化局的同志相互沟通情况以后，就到区文化馆、文化站实地察看，还看了民间文艺团队的表演。显然，区里是经过充分准备的，目的不言而喻。

在观摩后的座谈磋商中，对方坚持：不但要办省市级的，而且要举办国际性的文艺活动，那就是涉外性质的文化艺术交流。这不但要市有关方面批准，而且必须经国家文化部批准，并取得外事部门的同意，非得去北京申办不可！

在取得市有关领导的同意后，宝山区的同志积极主动地安排之下，我和中国文联多次联系，同意协助我们和文化部联系。于是，我和宝山区文化局长等同志赴京，到中国文联拜访，向领导同志汇报，得到理解和支持，由中国文联的同志陪同，我们到国家文化部去递上了申请报告……

过程从略，成功就好。几经周折，中央有关部门批准了我们举办“上海宝山国际民间艺术节”了！当然，举办国际性民间艺术节是有规格有要求的，必须遵照进行，我们都毫无经验，只能大胆而细心地边探索、边调整、边进行。

由上海市文联与宝山区人民政府共同主办的“'95 上海

宝山国际民间艺术节”，于10月29日在宝山区隆重开幕。当年文联大事记有如下记载：

会议由市委宣传部副部长徐俊西主持。组委会秘书长李新福汇报了艺术节的构思和总体计划，主办单位代表、市文联常务副主席李伦新和宝山区副区长厉家俊作了讲话。各位委员对艺术节总体计划进行讨论并提出了意见。

本届国际民间艺术节以民间艺术交流为桥梁，让世界进一步了解上海，促进上海市民的文化生活质量，促进上海市民文化素质提高，为上海的精神文明建设服务。

本届艺术节邀请了奥地利、西班牙、意大利、韩国、俄罗斯、巴西、加拿大、以色列、芬兰、德国、美国等国的民间艺术团，在为期14天的艺术节期间，中外艺术家深入农村乡镇、学校与基层，先后演出了6场。艺术家们还参加了国际民间艺术交流研讨会、市容观光等活动……

文联大事记中还提到：以“共创新世纪文明”为主题，以“安全、欢乐、淳朴、有序”为方针的“’95上海宝山国际民间艺术节”，成为金秋时节上海一个盛大的文化节日。

这项活动所以能成功举办，是与市有关领导和中国文联的支持、帮助分不开的。我和宝山的同志去北京，就住在中国文联招待所，都是请中国文联帮助联系文化部，中国文联的领导还来上海在开幕式上致辞……

上海宝山国际民间艺术节首创者的开拓精神，值得发扬！以“大众参与、大众享受”为指导，办“老百姓的艺术盛会”，让老百姓欣赏在“家门口的五洲风情”，这样办节的指导思想看来是值得肯定的！宝山国际民间艺术节，虽不定期，但能坚持下来，一届接一届地办下去，至今已走过了二十个年头，先后办了八届，有五十多个国家的艺术团队前来参演，实属不易！我们试图探索市文联和区县合作以推进文艺事业的初衷，也经过了实践，应该说是很有体会，深受教益的。

市区合作办艺术节，可以说这也是一座“宝山”，有待继续深入开采！

西　　藏

上海、西藏，两地文联工作和文艺事业互学互助，大有可为

记得在举办“上海宝山国际民间艺术节”期间，曾向西藏自治区文联发出了邀请，希望主席才旦卓玛能率领西藏自治区民间艺术团来沪参加演出。结果是由一位藏族男性自治区文联副主席率团来沪参加，文艺演出受到欢迎并获得好评。

艺术节将要闭幕时，这位团长向我提出：代表团来一次上海不容易，希望在艺术节闭幕以后，能留在上海多住些日子，以便向上海的同行学习，最好能进行一些文艺交流和专业培训！我们及时向上级汇报了西藏团的这些希望，得到上级领导的明确指示，尽可能满足藏族同胞的要求，并做好服务工作！这事得到市文化局及其下属有关团队的支持，为藏族同胞安排了参观、交流、培训等活动。

记得在为西藏代表团结束上海之行举行的欢送会上，有的藏族同胞在发言谈体会时，情不自禁地热泪盈眶，都一再表示感谢，依依惜别之情，至今还历历如在目前……

就在这以后不久，我和西藏文联主席、著名歌唱家才旦卓玛同志在北京开会相见，亲切交谈。接待过程中，她告诉我曾经就读于上海戏剧学院，“第一次吃大闸蟹，实在不知道怎样动手、动口，呆呆地愣着……”说得我们都笑了，相互之间的距离一下拉近了。

上海市文联和西藏自治区文联，从此建立了经常的友谊联系。

有次在北京参加中国文联召开的会议，我和才旦卓玛同志小别重逢，热情亲切地互致问候，比肩而坐、附耳轻声地交谈。她谈到正在筹备将要举行的西藏自治区文代会，并以商量的口气向我提出：召开自治区文代会，财政拨款很有限，经费不足成了棘手的实际问题，上海文联能不能帮我们想想办法？给予支持？

我对这毫无思想准备，一时不知如何回答是好。但我还是明确表示：你们的这个困难，我能够理解，回上海以后，我一定去想办法，也一定会及时和你联系，请你放心……

带着才旦卓玛同志提出的这件事，我从北京回到上海后，一直在琢磨着怎么办。西藏同胞托付的事情，我应该

与才旦卓玛交谈

尽全力办好才对啊，总不能让人家失望呀！

我带着这个难题，来到上海电视台，找到台长，开门见山，我说无事不登三宝殿，今天上门求助来了！他以为我是为上海文联经费不足来拉赞助了，没想到我讲的是西藏自治区文联将举行文代会，经费有困难，请求伸出热情的援助之手！

“要多少？你给我一个尺寸呀！”台长微笑着，问我。

我一听他这口气，心想我选对求助的对象了，拧眉凝神一想，从我们上海举行一次市文代会的总预算，再来个大致匡算和地区差价，我以试探的口气说，经费估算不下五十来万，当然，我们只是资助其中的一部分。

“你看，我们无偿资助十五万元，如何？”台长还带点商量的口气同我说，我则已经心满意足了，连声表示感谢、感谢！

……我把这笔钱及时汇去了。

当年，这笔钱确实不是一个小数啊！

我打电话把这个信息传到雪域高原，才旦卓玛同志听了，连连表示感谢。她那独有的笑声和表达的谢意，使我也深受感染，心想这不只是两个地区、两个单位、几个人之间的互相理解和无私援助，而是沪藏两地文联和藏汉民族同胞之间的友谊体现啊……

不久，我收到了西藏自治区文联发来的邀请函，邀请我去拉萨出席自治区文代会“光临指导”。说实话，西藏对我很有吸引力，总想去一次，但现在不行。

我们上海市文联未能应邀出席西藏文代会，只发去了祝贺信，表示祝大会圆满成功！

西藏文联的同志，不止一次地发来邀请，希望上海文联的同志前去“传经送宝”，我们也都很想到祖国的雪域高原去参观学习！

后来，经上级批准，我和一位对外联络部的同志，应邀有了一次不寻常的西藏之旅。

经成都机场转乘飞往拉萨的班机，早晨起飞，一个小时左右就到达，西藏文联副主席阿旺克村同志等在机场。他就是率团来上海参加宝山国际民间艺术节的，如好友重逢，热情接待，还为我准备了氧气袋呢！高原反应确实有，下飞机后走路有些飘摇而不踏实之感，但尚能稳步行进。走上汽车，为了要欣赏雪域高原的景致，我眼睛贪婪地盯着窗外，所见风景是从未看到过的……

到宾馆休息，当天没有活动。

第二天早起，我已毫无高原反应的感觉了，一切如常，兴致勃勃地走到室外，被蓝天白云所陶醉，呼吸着清新的空气，感到神清气爽，不禁连声赞叹，这里的空气清新宜人……

我们在主人的陪同下，登上了布达拉宫，瞻仰佛像，面对藏族同胞虔诚地顶礼膜拜，我们默立无声，尊重藏族同胞的信仰。我们还到藏族同胞家中作客，喝着别具风味的酥油茶聊家常。和才旦卓玛则无拘无束地交谈。她的话语中，句句流露着和上海人民的情谊。她说，她的成长离不开上海音乐学院的培养，上海是她的第二故乡，那里有她尊敬的老师——王品素教授，在上海还有许多朋友，她把到上海学习和演出视作快乐之行！

我邀请才旦卓玛方便时能率团参加今秋举办的中国上海宝山国际民间艺术节的演出，她马上爽快地接受了，并说："我能有机会为上海人民演唱，感到很幸福！"接着她颇动感情地说："我不但要唱上海人民熟悉和喜爱的歌曲，如《北京的金山上》等保留节目，而且还要创作新的歌曲，献给在改革开放中取得巨大成就的新上海的同志们！"

从西藏带回来的洁白的哈达，还有一头牦牛工艺品，我一直珍藏着！

双馨（一）

“德艺双馨文艺家”，是文艺家的努力方向、文联工作要点

开展争当德艺双馨文艺家活动以来，我们就“为什么要开展争当德艺双馨文艺家活动？”和“怎样努力争当德艺双馨文艺家？”这两个问题进行了反复研究，并请部分文艺家一起来讨论，还就德艺双馨文艺家的评选表彰办法等问题，比较广泛地听取意见。比较一致的看法是：开展争当德艺双馨文艺家活动，可以引导大家的努力有方向，也可以使文联工作有切实的抓手，是适合文联和协会特点的工作思路。

就在这时，我查阅了辞海，“馨”字的解释为：一是芳香，而且是特指散布很远的香气；二是声誉，专指好的声誉。这不正是我们文艺家的崇高理想和共同追求吗？这不也是人民群众对文艺家们的殷切希望吗？这个馨字真好，

有声有色有品位！我们就以开展争创德艺双馨文艺家活动为工作抓手！

接通知，我去了北京到中国文联开会，各省市自治区文联都有同志出席，四川的朱炳宣、贵州的杨长槐同志也都来了，我向他们讲了准备开展德艺双馨文艺家活动的打算，征求意见，他俩都表示这是可行的，也是有益的，并一起商量如何把这项活动做好。我们的这一工作设想，还得到了中国文联负责同志的肯定和支持。

北京开会回来，在传达贯彻会议精神中，我提到了打算开展“争当德艺双馨文艺家”活动这一项，记得在座的同志都表示赞同并认为可行，当然也帮助提出了积极的意见、建议。

这项活动正式列入文联工作计划以后，文联各部门和各文艺家协会也都行动起来了。

我们从一开始就强调，这是一项细水长流的活动，是文艺家们自己的事情，以自愿参加为原则。文联和各文艺家协会都要听取文艺家们的意见和要求，热诚做好服务工作。

1997 年 6 月 25 日，市文联召开了“争创德艺双馨文艺家座谈会”，有近二百位各文艺界代表冒雨前来参加，他们中的朱践耳、周渝生、司徒汉、陈渝、黄永生、陆寿钧、王劼音、周良铁、王志冲、许国屏、吴学华、孙爱珍等同

和四川的朱炳宣（左一）、贵州的杨长槐（左三）等同志

志，先后在会上发了言，认为艺德是文艺工作者敬业精神和道德品质的具体体现，是文艺家的立身之本。周渝生、叶志康分别代表市文化局和市广电局表示，将给予文联开展争创德艺双馨活动以全力支持和配合。市委宣传部部长金炳华同志到会并讲了话。会上，表扬了尚长荣、闵惠芬、黄蜀芹、刘文国等四十一位文艺工作者。

从而，上海文艺工作者们争创德艺双馨的活动，开始形成热潮。

经过了一段时间的争创活动，各文艺家协会都涌现了一批积极分子。

经研究认为，这是首次开展争创德艺双馨文艺家活动，工作一定要考虑周到并做得仔细，表彰的德艺双馨文艺家，必须经过广泛听取群众意见，能经得起检验！于是，将各协会报来的积极分子情况，进行公开宣传，以便更广范围的听取意见建议。

经筹备，“上海文艺家先进事迹展示会”，于 1997 年 12 月 9 日上午，在文艺活动中心大厅举行。会上，对上海文艺界部分文艺家的先进事迹进行了生动的展示，如通过演讲故事、表演节目、图片展览等形式，介绍了闵惠芬、尚长荣、宗福先、詹新、周良铁、刘文国、薛范、黄永生、钱程等文学艺术家重德尚艺的事迹，他们献身艺术，勇于进取，正确对待金钱和名誉，在艺术上坚持不懈地追求真善美。他们中有的为了录制到电影精品应有的真实音响效果，冒着被牦牛踏伤的危险，身背录音机，手持话筒，在狂奔的牦牛群中来回奔跑，直到录下满意的效果；有的顽强地与疾病作斗争，做过六次手术、五个疗程的化疗，而后重返舞台，迎来了自己的第二个艺术春天；有的淡泊名利，潜心创作，精心翻译一千余首外国歌曲；还有的十余年刻苦磨炼技艺，创作艺术精品，屡次获得国内国际大奖等。

市有关领导和上海文艺人士张瑞芳、袁雪芬、秦怡、罗洛、叶辛、王峰、王伟平、吴宗锡、沈柔坚、郑礼滨、胡蓉蓉、赵长天、姜彬、舒巧等出席了这次展示活动。

文艺家们对这次公开展示活动都很重视，陆续前来观看的人很多，议论不少。

市文联认真听取意见建议并作分析后，就继续做好这项工作提出要求并落实措施，以便条件成熟后进行选拔，产生正式人选，命名、表彰第一批上海市德艺双馨文艺家。

访　日

上海文联和日本日中文化交流协会定期互访源远流长

我们上海市文联和日本日中文化交流协会的互相访问，已经有些年头了，你来我往也形成了制度，双方都很重视。1994 年应日方邀请，我们经向有关外事部门报告并获上级主管部门批准，上海市文联按常规组团前去日本访问。

上海市文联艺术家代表团，于 1994 年 6 月 27 日赴日本访问。“代表团由文联常务副主席李伦新率领，成员由著名电影表演艺术家秦怡、著名国画家曹简楼和文联研究室副主任姚扣根、组联部副主任张惠玉组成。”

行前的“备课”无疑是很重要的。

我这是首次访问日本。作为一个南京人，亲眼看见过日本鬼子侵略中国时的暴行，虽说能够理性看待这段历史，应将侵略者和日本人民分别对待，对日本与我友好的朋友，应该以礼相待、礼尚往来……

秦怡、曹简楼、张惠玉、姚扣根和我，都是熟悉的同事和朋友，行前一致表示：这次代表上海市文联访问日本，一定要取得圆满成功，给日本朋友留下良好印象！

到达日本东京成田机场，接我们的是山野井正郎和侯勇为。这两位先生都彬彬有礼，热情周到，顺利地按预定时间，领我们住进了王子饭店。

在日本一周时间的活动排得满满的，过程不必细述，印象特深的几个情节或细节，是值得说说的：日中文化交流协会专事理事白土吾夫先生，为我们在银座一家地道的日本餐馆，举行了欢迎宴会，这位已经到中国访问了一百三十次的日本朋友，和我们共进晚餐，宾主之间如久别重逢的朋友，亲切交流，谈笑风生。主人以风味独特的生鱼片和香醇可口的清酒款待我们，白土先生举起筷子动情地说："日本文化的渊源是和中国分不开的。你看，这筷子就是从中国传过来的，使我们日本人结束了手抓饭吃的历史！喏，这米饭，也是从中国传过来的稻种和种植技术！"随后，吃西瓜时，白土先生再次感慨地说："这西瓜，也是从中国传过来的呀……"

宴会一直洋溢着亲切友好的气氛。在欢声笑语中，话题自然而然地谈到了文化方面，文学、戏剧、电影……似

与曹简楼

乎不可避免地就谈到日本侵华战争问题。白土吾夫先生神情严肃地说：日本侵华战争，致使中国两千万人死于非命，这是不容置疑的历史事实！秦怡频频点头说：中日两国人民都是战争的受害者！她说自己从创作反映抗日战争生活的电影中体会到，人民是热爱和平的，要友好相处。这时，在座的日本朋友都说，秦怡老师在电影《铁道游击队》中演的角色很成功，要求她唱一唱这部电影的插曲！

在热烈的掌声中，秦怡站了起来，沉思后动情地说："此时此刻在此地，要我来唱这支歌，是很有意义的！"于是，她声情并茂地唱了起来：

西边的太阳快要落山了，微山湖上静悄悄，弹起我心爱的土琵琶……

日本朋友都合拍和谐地轻声唱和，歌声回响在日本银座的餐馆，飘逸出窗外，飘向四面八方……

我们代表团登门拜访了井上靖先生。访问了日本近代文学馆，会见了栗原小卷等文艺界朋友，并观看了演出。这都是秦怡同志的同行或挚友。说到这里，我不能不公布一个细节，就是秦怡每天早上出门前必须化妆，而一次化妆要花不少时间，我总是站在房门外问："秦怡老师，可以出发了吗？"她总是说："快了、快了！"可就是还不出来！我不断看手表，心急啊！我感觉日本朋友是非常讲究遵守时间的！迟到多难为情啊！可是……

我们代表团还访问了横滨、箱根、京都、大阪市，都受到热情友好的接待，留下了难忘的印象。

在返回东京后，和日本朋友交谈过程中，我听到说东京有一处图书大楼，并非一般图书馆，其办馆理念、运行机制等都很独特，我就很想前去参观。于是利用自由活动时间，和小姚一起赶去探访，由日本朋友陪同作翻译。

这是一幢高高的大楼，当然这是就东京的城市建筑大都不高而言的，全部都用于藏书和阅览。不同寻常的是：书房、书橱大小不一，全部都是以个人姓名标明，有的只有一个书橱，有的则一大间整齐地排列着书架，还有主人的写字桌和文具呢，桌子上主人的照片仿佛在和你打招呼……

当我们正在地下室兴致勃勃地参观时，突然房屋摇晃了起来，遇上地震了！日本朋友平静地对我说："没事！我们这里经常这样！"他的镇定感染了我们，继续参观时，日本朋友说："日本处在地震带，灾害频频。你们中国地方大，好多地方没有人住，如果能让我们住，岂不是好？于是，日本当局就将侵略中国说成是为了大东亚共荣，也就有理由了！"真是侵略有理！岂有此理！

原来的日程安排中，6 月 28 日下午 4 时，是拜会日本议长土井多贺子女士。由于当时日本现任首相辞职，正在临时举行议会，选举新的首相，议会一再延长，议长实在抽不开身，会见只好一再往后推。据说，接待方曾经提出，实在不行，只好取消议长接见了！但土井议长却不同意取消，说这次定要接见！直到周末的晚上，议会才选举产生了新的首相，然后宣告结束。土井议长马上通知：一定要在第二天，即星期日的下午，和我们代表团会见！由此可见，她对这次会见的重视程度。

日本朋友告诉我说，土井多贺子议长大学毕业后从政以来，成为日本历史上第一位女政党领袖，接着又成为日本历史上第一位女性众议长。她是日本日中友好文化交流协会会员，一向主张日中友好，这次得知上海市文联代表团来访，她虽然很忙，还是安排时间会见我们代表团。我们按时来到日本议长官邸，在会客室集体会见了土井多贺子议长，她和我们一一握手，仿佛老友重逢，无拘无束。她说："前几天忙于开会，睡觉很少。昨天晚上，为新内阁举行庆祝酒会，大家喝啤酒直到很晚。你们来了，我一直希望能早点与你们见面，我有好多话想说。"她说她已经八次到中国，可是在上海只停留了半天。她很喜欢看最近电视台播放的介绍上海情况的节目。土井多贺子认为，在人的生活中，最有影响的是文化，而文化是不会倾向于强者，抛弃弱者的。

会见在友好、融洽的气氛中进行了一个多小时后，土井议长邀请我到她的办公室去看看。走进她宽敞的办公室，我的眼前一亮，看到墙上挂的是中国画家画的绘画、书法家写的书法作品，书架上有《周恩来文集》……她对我附耳轻声说："我很喜欢中国文化，尤其酷爱中国书法和唐诗宋词！"接着，她又谦虚地说："写字，我写不好！我是在'出丑'！在日本，'写字'与'出丑'是谐音。"她说，中国文化对日本影响很大，日文中的常用词汇大多来自中国。说到这里，她幽默地笑着说："听说卡拉 OK 现在在上海很流行，是吗？也许日本能向中国输出的，就是这个东西了！"

这次一再推迟的会见，始终洋溢着真挚友好的感情，土井多贺子议长那双充满智慧和友情的眼睛，深深地印在了我们的记忆中！

我访日回来以后，常常想到：如何在上海建设一座有我们自己特点的图书楼？如何陈列各式各样的个人藏书，并便于借阅？让文艺家们来这里品茗聊天，谈文说艺，交友会客。可是，我并没有能够做到，惭愧！可见我并不都能"心想事成"的啊！

喜　　宴

我操办的一次独特的结婚喜宴，耐人寻味，值得一提

尊敬的读者诸君，请允许我在这里使用一次人物代名，文中写到的这位著名画家双木君，请勿探究其真名实姓，只要记得他不仅是一位卓有成就的画家，而且堪称一位中国式好男人，我和我的朋友朱鹏高，对他一直心怀敬仰。他曾热心教我学画，从画牛起，并赠我一册画牛的专集。这就够了！

那天，接到双木君打来的电话，说有事要和我商量，让我过去一下。我不敢怠慢，就和朱鹏高君一起，赶快驱车来到双木君家，只见他独自一人在画室里挥毫泼墨，见我俩来了，放下手中的笔，招呼我俩在客厅坐下，亲自为我们各倒了一杯茶，在我对面坐下，胸有成竹地说，打电话请你过来，是要托你办一件事……

说到这里，他停了停，谨慎地笑了，笑得甚至有些拘谨，但满脸洋溢着喜气！

“您老有什么事，尽管吩咐，我一定尽力！”

“这，你是知道的，我还没有请亲戚朋友喝过喜酒呀，想……赶快办一下！”

我明白他这话的意思。双木君原来的妻子我也多次见过，印象特别深刻的是：她的眼睛比较小，却总睁得大大的。双木君有客人来了，她总是紧紧盯牢，当客人接受了双木君的绘画作品，她马上走过去，伸出手，拿钱来！

这往往弄得客人很尴尬，双木君更加尴尬……

据说，双木君上法院要求离婚，开庭多次，费时多年，症结所在是：她要平分双木君收藏的绘画作品，说这是离婚前的财产，也都是共同所有，必须平分！

这让法官也感到棘手，查法律条文，找权威请教，嘿，还真史无前例，都没明文规定，难住了啊！

画家创作的画，智慧和心血加劳动的结晶，不同于其他家庭财产，哪能可以说是夫妻共有呢？不同于其他家庭财产，不能共享！不应平分！

法院终于判决，公平，合理，更合法！

离婚前，家里就请了一位“钟点工”，因为她勤快，而且忠厚老实，不声不响成天只顾做家务，不管家里事情，因而都说她好。双木君离婚后自然继续让她做下去。

这样一个家，就双木君和她两个人，同吃同住，特别是他少不了她的照顾，有时伤风感冒，有时人来客往，她总帮助料理得有条不紊。渐渐地他想开了，又慢慢地有了些表示……

双方都有了表示。

双木君为她买了一套房子，户主写了她的名字；又为她存了一笔钱，银行存折上写的也是她的名字。

他俩已经同床共枕了！

这都是水到渠成的事，合理合情，也应该合法吧。

他和她到法院去办理了一切手续，领到了结婚证。

日子过得平平静静，双木君的脸上原有的愁云，不知不觉地被谨慎的笑容替代了。

亲戚朋友也都心知肚明，但却对此不闻不问。我去看望双木君，她来为我倒杯茶，莞尔一笑而已，从未开过金口，说过一句话。

……双木君如今想到办一次结婚喜宴，昭告亲朋好友，既很必要，也是时候了！

“我今天请你来，就是为了这件事，帮我办几桌喜酒。”双木君说这话时，脸上的笑意掩藏了皱纹，显得年轻多了。

“你要请几桌？什么时候？”我问。

“三桌，时间越早越好，就这两天吧。”

我凝神片刻，就拿起了电话，和上海老饭店经理联系。

对方听了我的要求后，为难地说：“啊呀，早就预订满座了！”

挂断了电话，我和双木君商量，可否推迟时间或改一家饭店。

正在这时，电话铃响了。

“李区长，实在不能推迟的话，我把办公室撤出来，办几桌呀？”

我捂住电话问双木君，他说：“三桌！”

对方显然听到了双木君的话，提高嗓音对我说：“办公室不大，三桌放不下呀。我看这样吧，放两张大餐桌，可以坐平常三桌的客人，好吗？”

我和朱鹏高都说，这样蛮好呀。

双木君笑嘻嘻地点了点头……

我和朱鹏高同志也会意地点了点头，马上去老饭店具体安排。

我可以肯定地说，这天在上海老饭店经理办公室举办的双木君的结婚喜宴，是富有海派特色和文化气息的简朴婚宴，这里就不细述了……

海　　上

海浪花开馨香万里，海派书画传承久远

写到这里时，我接到了地处上海老城厢的老西门街道董建善同志的电话，他说要请我为一本摄影集写序。本来我已经以年老体衰为由，婉言谢绝写序，请他另选他人，但在难以推却的情况下，我只好领命了，于是上海古城墙、大境阁、文庙、四明公所、书隐楼、三山会馆……一个个见证了上海历史变迁的文物古迹，映现在脑屏幕上，使我心潮起伏、浮想联翩。这些随着时光流逝，已经有了不同变化的上海历史遗存，越来越显得珍贵了！于是，我有感而发地写了题为《海浪花开　馨香久远》的序言！

这和我与老城厢结下了不解之缘不无关系！我喜欢经常到老城厢去随便走走，古城墙上大境阁的海上书画院，则是经常去的地方，须知这“海上”二字是有特定含义的，显然与历史上的“海上画派”代表性画家吴昌硕、任伯年等，曾经在这里品茗作画有关。

说起这古城墙大境阁里的海上书画院，我就会想到三十多年前的一次接待来访。当时我在南市区人民政府任职，青年朱鹏高带着一幅书法作品来访。他自我介绍说，从小爱好学习书法，七岁开始练字，大学毕业、参军、入党、复员后到解放日报社实习过，由于喜欢书法艺术，选择了回到老城厢，在唐家湾街道办事处工作，打算开展书画活动、创办书画社，云云，希望得到区长的支持。这给我的第一印象，有志、蛮好！

我自知才疏学浅，书法艺术更是一窍不通，也许正因如此，才更重视文化建设，尤其对中华传统文化和上海独特的海派文化，情有独钟，关于海派文化的传承与发展，尤为操心，于是，就毫不迟疑地表示了对这个青年人的支持……

后来，我不知不觉地成了上海海上书画院的常客，而且毫不迟疑地参加书画院泼墨挥毫之类的活动，并力所能及地为书画家们提供不值一提的服务。和书画家们相聚大境阁，品茗聊天，成了我退休以后生活中不可或缺的一个节目！我总想着学习、效劳，而不是获取什么，为书画家出版集子写个序言、为海上书画院所办的报纸写点小文章，将我出版的自传体随笔集等书，赠送书画家人手一册。还有个“人手一壶”的小插曲呢，那就是我请紫砂茶壶名家许四海先生，为我制作了一百只紫砂茶壶，送给海上书画院的每位书画家人各一壶，以便画画、写字的间歇，品茗聊天……

为所办报纸写稿，为书画集写序，理当尽责，这也给了我学习的机会，值得！

说到海上书画院负责人朱鹏高，我是比较了解的。就拿他对待名利问题来说，有件事值得一提：那还是我在南市区工作期间，作为市人代会代表，我拟就了一份关于开展海派文化研究、成立海派文化研究机构的议案，征得了部分文化界代表的支持。和我在同一个代表组的上海大学的党委书记、常务副校长方明伦代表表示：上海大学开展海派文化研究，这是理所当然、义不容辞的。他明确表示：不必成立研究会了，就在上海大学设海派文化研究中心，我们学校负责提供必要的经费，有办公室，配一名专职人员！

这样，就很顺利地举行了第一届海派文化学术研讨会，朱鹏高向大会无偿提供了中国画和书法作品各一幅！在会议开幕式上举行了捐赠仪式。

这就成了惯例！在每年举行一届的海派文化学术研讨会时，朱鹏高都照例无偿提供中国画、书法作品各一幅！

日月如梭，年年岁岁。至今海派文化学术研讨会已经举行了十五届，朱鹏高同志也已无偿捐出了绘画、书法作品各十五幅，这是无法用金钱来计算的，实可谓难能可贵也……

每当我来到海上书画院和后来成立的华侨书画院所在处，拾级登上古城墙大境阁，驻足观看，那些岁月留痕的块块城砖，使我常常想到：这里曾经是上海重要历史事件的见证，是任伯年、虚谷等老一辈海派画家常年泼墨挥毫之所在，但愿能继往开来，一直散发着墨香，传承海派书画传统，不断涌现更多年轻优秀的海派书画家……

世　博

海风多潇洒，海浪美如花。海水无限量，海派有文化

中国第一次成功举办世界博览会，是在上海！上海举办世博会史无前例，海派文化研究中心主动请缨，作家、编辑们奋力拼搏，要赶在世博会开幕之前，撰写并出版一套“海派文化丛书”，全面介绍上海！

我有了这个想法，但提醒自己要有自知之明，心愿并不等于就能如愿以偿。于是，我首先登门拜访王元化、徐中玉、钱谷融、严家栋、龚心瀚、丁锡满、庄晓天、邓伟志等同志，坦诚讲述自己的心愿，听取指导帮助。他们都给予我热情鼓励，并帮助出主意、想办法，使我信心倍增！后来，上述这些同志都应邀做了丛书编委会的顾问，给予我们许多无偿帮助！

资金怎么办？这可是个棘手的问题！找赞助单位，麻烦了不少同志，花费了不少心血，好不容易有家企业捐助了十万

元的现金，想不到的是，这笔款子在流转过程中却出现了意外，一场空欢喜！怎么办？急中生智，想到我们的这个项目，是契合上海市对外文化交流协会的工作性质的，于是，就在丁锡满、唐长发两位的热情关心下，前去求助。该会领导人郑家尧同志热情接待，听取了我们的汇报后，当场表示大力支持，首次就拨款二十万元，以资助这个项目尽快启动，并承诺还将继续给予资助。一诺千金！首批丛书出版后，又拨款十四万元，使我们能继续顺利进行下去，走出了困境，走向了良性循环，陆续出齐了全套三十三本“海派文化丛书”！

请允许我在这里向热情支持丛书出版的单位和个人，再次鞠躬致敬！

首选的四本书分别介绍了上海建筑、上海饮食、上海男人、上海女人。作家们热情高涨、积极投入创作，首批四本书出版以后，我和文汇出版社的社长桂国强同志一起，送去上海世博会筹备机构负责人钟燕群同志处，向她汇报了情况，听取了意见，并拜托她转赠市委常委七位领导同志各一套四本书，听取意见和建议，以便继续进行。

等了几天，我们悬着的一颗心终于放下了！市委常委七位领导一致给予了肯定，其中一位还用毛笔给我们写了回信，鼓励我们继续努力把这项工作做好！

值得一提的是，“海派文化丛书”的序言，谁来写？写些什么？怎么写？是个困扰着我们的问题！议论时，一致

在海派文化研讨会上致词

指定由主编撰写，我只能勉为其难了。于是，在忙着选题、组稿的同时，开始打腹稿准备写序言。

这篇序言写得比较慢，也比较长。我想围绕着“上海是海”“海派文化姓海”，阐述姓海的海派文化的形成和发展及其特点，时代呼唤姓海的海派文化有新的发展以适应时代的要求……

这序言自己并不满意，但修改补充后只好用上了。

在作家、编辑们的努力之下，三十三本“海派文化丛书”陆续出版齐全，特许进入上海世界博览会园区，和来自世界各国的友人见面，实在令人欣慰啊！

这天，我在上海世博会浦东园区，独自东走走、西看看，看到我们心血的结晶——三十三本“海派文化丛书”，还带着油墨香味呢，就与来自世界各国的朋友见面了。我抚摸着这一本本新书，激动的心情实在难以言表！

当我独自来到黄浦江畔，面对滚滚江水，思绪万千，心潮起伏，禁不住吐露了心声：

海风多潇洒，海浪美如花。海水无限量，海派有文化！……

回到家里，我连忙将这即兴吐露心声的四句话记录了下来，更铭记于心底……

茶　话

茶乃国饮，富含文化，饮之有益身心健康，理当推而广之

我已记不清是怎样爱上喝茶的了，看来这和新中国成立初进机关当了干部不无关系。虽然当年不会、也不允许机关里有人“上班一杯茶、一支烟、一张报看半天”，提倡的是多下基层、密切联系群众，但机关干部喝茶却是普遍现象，个个都有一只茶杯，一上班就泡杯茶，开会都捧只茶杯来，是常见的“风景”。记得自己的那只陶瓷茶杯蛮大的，有盖，每天一上班，我就先泡好一杯茶，随时品尝。

光阴似箭。奉调到市文联工作时，我已经年近花甲，茶瘾似乎更大了，开会总忘不了带上冲泡好了的茶具。说来有趣，作为市人代会代表，我编在闸北区代表组，常到该区开会，按规定列席区人代会，听区政府工作报告等，和闸北区的同志多有接触，有时还陪中国文联的高占祥同

志等到闸北公园的茶室喝茶，周巍峙、高占祥等北京来宾，都不只一次去那里喝过茶……记不清是哪一次、怎样会想到举办茶文化节了，但我总想着不愧为人民代表，要为闸北区做点什么有益的事情。有次在和区人大常委会主任、区长一起闲谈时，我从讲喝茶的习惯开始，自然联系到闸北公园的茶室，提出了能否发挥本区的优势，抓住茶字做点文章？比如可否举办上海茶文化节？大家都说这是值得考虑的！于是，不久以后，就由市文联与闸北区政府合作，共同创办了上海茶文化节！

这种合作模式，不同于市文联和宝山区联合举办国际民间艺术节，而是以区里为主，投入产出、盈利亏损，也都全由区里承担。但闸北区的同志非常尊重市文联的意见，合作是既融洽又愉快的，我甚至感到区里同志有点过于客气了。

我曾去过浙江长兴，那里有茶圣陆羽的塑像，及其名作《茶经》写作过程的记载，有关资料我也带回来了。如何在闸北公园举办茶文化节时适当展现？闸北公园内可否种植茶树以营造氛围？公园北面的小街，可否建设成为一条以茶叶交易为特色的商业街、茶街？门店零售批发是否都要是与茶叶相关的业务？如此等等，合作双方都畅所欲言、各抒己见，最后由区政府及有关职能部门研究决定。公园门口一侧的那个特大茶壶，夺人眼球，堪称标志性设置，效果甚好。而公园北侧小街设茶叶交易市场的构想，也许不甚切合实际，未能达到预期的效果……

岁月如梭。很快，本人不再是市人大代表；接着，也不再担任市文联的主要领导职务，因而也就不再参加茶文化节的活动了，这是顺理成章的，但举办首次茶文化节的情景，却还记忆犹新，耐人寻味。

区　县

区县要否成立文联？应从上海市实际出发，区别对待

我是相当长时期在区里工作的人。上海的市和区、县行政建制，地域范围相对集中，不同于省、自治区。市文联就区、县文联建制问题，听到过一些反映或建议，也接到过要求帮助成立区县文联的来电、来函。已经成立了文联的区县，则希望加强指导。看来，这是个不可回避的实际问题，我们市文联有责任进行了解，以便汇总目前的基本情况，提出意见建议，向上级作一次专题报告。

为此，我安排了和有关处室的同志一起，分别前往松江、嘉定、杨浦、崇明等区县了解情况、听取意见。松江有散文作家王勉、戏剧家陆军等同志，年轻女作家许平已崭露头角；而嘉定则有写散文的高手赵春华、写长篇小说《汽车城》并获奖而一举成名的女作家殷慧芬，

及其擅长写随笔散文的丈夫、作家楼耀福，被誉为嘉定作家伉俪，还有创作长篇小说《生活的路》而名扬四海的知青作家竹林等，这样的区县，成立文联是从实际情况出发，顺理成章。

这些区县文联成立以后，面临的是如何开展文联工作而有待探索，市文联如何进行指导，也有待研究。

有的区县情况，我们正在了解中，也有的则正在酝酿成立相应的组织，并到市文联来咨询有关章程、程序等方面的问题……

根据情况，我们市文联有责任进行全面调查研究，提出意见建议，向上级汇报并作请示。记得市委分管副书记陈至立同志和市委宣传部部长金炳华同志，在专门听取了我的情况汇报后指出：区县文联的成立与否？成立了的如何开展工作？这些问题都要从上海实际情况出发。我们是直辖市，区县都比较集中，作家艺术家人数比较多的区县，当地有关部门认为有可能也有必要的，可以成立文联，在当地党委领导下开展工作，市文联只是业务上的指导关系……

我们按照这样的指导原则，负起应尽的责任。

记得我应约去过松江、嘉定，参加了有关文联工作的会议和活动。

时任中共杨浦区委书记约我前去，要和我商量成立区文联的事情。我在听了区里有关情况介绍后，建议先成立区书法家协会、摄影家协会……条件成熟了，就可以成立区文联，在区委统一领导下，开展工作。

市文联和浦东新区的合作虽然早而且多，但成立区文艺家联合会的事情，却延后了。

还有行业、企业文联，如邮电、铁路等系统，都已建立文联了。宝山钢铁、金山石化等单位，则建立了企业文联……

市文联对于如何更好地加强与区县、行业、企业文联的联系、合作，这方面的工作做得还不够主动、到位，有待改进！

巴　老

读巴金的作品，是对这位作家从了解到崇敬的渐进过程

我自以为是一名文学爱好者，年轻单纯时如饥似渴地读小说，继而学习写作。读巴金先生的小说《家》《春》《秋》，虽然并不能很好地理解作品的深意，好似囫囵吞枣，但已经很敬重这位作家。到文联工作以后，首先要做的是拜访文艺家听取意见建议，首批拜访的就有朱屺瞻、巴金、柯灵、张瑞芳等老文艺家。

初次拜访巴老，他的平易近人、谦和礼让，给我留下了难忘的印象。尤其使我感动的是，巴老亲笔签名赠我他的大作，令我有如获至宝之感！这位德高望重的老作家，坚持一定要送我到门口，才握手告别。

此后，我和我的同事，逢年过节或巴老生日等，都会登门拜访，渐渐地熟悉了，交谈多了，也就随便了。印象

深刻的是，有次我们登门拜访，巴老笑脸相迎，互致问候后，我向巴老报告：文联打算开展文化扶贫活动，去甘肃省会宁县，和那里的教师交流教学经验，给他们带去上海作家捐赠的图书……巴老对我们的文化扶贫活动表示热情支持，欣然在自己的作品上签了名，递交给我时，笑容满面地连声说："这是好事、好事！"

巴老九二华诞到来之际，我们手捧着插着九十二朵玫瑰的花篮，走进了华东医院他的病房。初冬的阳光透过窗户，映照着一束束祝寿的鲜花，临窗坐在轮椅上的老人，今天显得特别精神，神情、气色都不错。他高兴地握着我的手说，我现在吃饭、睡觉都还可以，喜欢吃些味道浓的菜，不沾牙的点心……

在随意交谈中，巴老的女儿李小林同志告诉我们，巴老近日就《巴金译文全集》所写文章的情况及发表的过程，作了一些回忆。老人认真听着，不时插话，说自己握笔时，手有些颤抖，"这手不大听话了！"巴老是以那不改的四川乡音，说着，笑着。我于是建议是否让巴老"口授"，让别人记录？巴老说："往后可能会这样，现在自己动动手好。"巴老说的话，乡音重，别人不大好懂。谈到这里，李小林同志讲到，中秋节，巴老和远在北京的曹禺老通电话，互致问候的时候，巴老以浓浓的四川乡音说到"我们共同拥有一个月亮"时，由于曹禺老听力欠佳，用了助听器，听成了“我们共吃一个月饼”了……

说到这里，大家都笑了起来，巴老笑得是那样舒心畅怀。

巴老的笑容，深深地刻印在了我的脑海中。

巴老的笑意，强烈地感动了我的心灵。

这位九十二岁高龄的文坛名家的笑，令人欣喜地看到老人的身体状况确实不错。去年，因脊椎骨折住院治疗。巴老说，去年痛得不得了，在医院过的九十一岁生日。今年生日，虽然也是在医院度过，但骨折部分已全都痊愈，他自己也没有什么异样感觉。现在只是因为气管炎，有些咳嗽、多痰。

我们都由衷地祝福巴老健康长寿。

这位九十二岁高龄的文学名家的笑，使人们感受到老一辈文艺家之间深厚的友情，两位老人虽相距千里，但彼此的心是贴近的。记得不久前，我赴京开会期间，前往北京医院看望曹禺老时，他就一再表达了对包括巴老在内的上海文艺界朋友的问候。中秋节两位老人通话的情景，简直就是一幅精美的画，一首动人的诗，正是：绵绵情谊一线传，“月亮”“月饼”成美谈。

这位九十二岁高龄的文坛名家的笑，更使人们感受到，我们的党和政府以及群众团体、社会各界，对巴老这样的知识分子的敬重和爱戴，以及尊老敬贤的社会风尚，已经在发扬之中……

是的，巴老的笑是意味深长的，它蕴含的显然不仅仅如上所述，还有许多……

然而，病魔将巴老折磨得起不了床、出不了医院，似乎预示着先生的人生旅程，已经走到将近终点的时候了！

我不定期地常去看望巴老，每次他都让我坐到床边，都要握住我的手，和我随意交谈，使我受到教益。

这期间，我接到许锦根打来的越洋电话，说他从报上看到，记者采访因病住进华东医院的巴金先生时，问巴老现在最想见到的人是谁？巴金先生当即就说："是李伦新……"

我问许锦根："你看到的是哪张报纸？"

他答："是《文汇读书周报》……"

我前去看望巴老，见先生躺在病床上，微笑着向我招招手，让我坐到了他的身边，握着我的手说："身不由己啊！"

我安慰先生说："既来之，则安之，过些日子会好起来的！"先生微微点头，笑道："但愿如此……"

领导们对巴金先生患病住院都非常重视，先后前来探望。

先生的女儿李小林同志，总是守护在病床边，悉心照料。

市文联和华东医院可谓仅一路之隔，我和我的同事都敬仰巴老，但必须在统一安排之下，依次代表大家前去看

探望巴老

望。有一次，我来到巴老病床前，和先生聊天时，讲到医院的伙食，先生皱起了眉头说：“没味，吃不惯……”

我了解到先生每餐进食不多，医院为病人送到病房的伙食，显然不合他的口味，每餐剩下的饭菜量都很多，这就是最有力的说明。

这次，我想和巴老商量这个吃饭问题。文联所属的文艺宾馆，就在华东医院对面，只隔一条马路，很近。宾馆的厨房，完全可以为巴老做合口味的菜，送到病房也很方便。当我来到医院，和巴老讲起这件事，他欣然说好，女儿小林也很赞同。

我们文联、文艺宾馆的有关同志，开会商量，具体落实。文艺宾馆经理杜力宁同志对此事非常重视，表示一定努力做好这件事情！

第一次送川菜到巴老病房以后，杜力宁经理第一时间来汇报了做菜、送菜的详细情况，应该说是很重视并认真对待的。

我随后来到华东医院。一走进病房，躺在病床上的巴老，就面含微笑向我点头招呼，我照例坐到床边，和他握手，向他问好，同他交谈。他今天显然比以前开心多了，主动告诉我说：“川菜合口味，很好吃，我就比平时多吃了一点……”

我和小林同志也都分享了巴老的满意和开心！

与文联的张惠玉同志（左二）看望巴老
（左一是巴老女儿李小林）

记不清过了多少天，我又坐在了巴老的病床边，无拘无束地说着话。突然间，巴老好像想起了什么，向女儿问道：“小林，我吃文联送来的菜，钱都付了没有？”

我和小林一时不知如何回答是好，都不免有些愣怔。我们既不能在巴老面前讲假话，这是他最可恶、最反对的，又不好同他打哈哈，这也是他不允许的！我和小林几乎会意地点了点头，微笑着说了大意如下的话：

“您放心，我们会结算清楚、照付菜钱的！”

“如果不照付菜钱，我就不吃了！”巴老毫不含糊地说。

“一定照付，您放心！”我和小林同时又作了明确表示。

没错，是按日计算，李小林同志如数向文艺宾馆照付了菜钱……

后来，许锦根同志从美国回到上海，约我和几位朋友相叙，在座的有《文汇读书周报》的负责人褚钰泉同志。我们都怀着敬仰的心情，谈起了巴老的身体情况，病魔在继续无情地折磨着这位令人敬爱的作家！多少人的心情都和我们一样，在为巴老的病情忧虑！也谈到了巴老说的“最想见到的人是李伦新”这句话。褚钰泉说，记者到华东医院采访病中的巴老，不止一次，每次都发过文章，记不起这句话是哪篇文章中的。

此后不久的一天，我去病房探望巴老，正巧碰到医生要送巴老去手术室进行手术，但他坚持不愿去。

我悄悄问一位熟悉的医生，才知道是要动一个喉管部位切开的大手术……

过了几天，当我再次来到病床前，巴老不能张口和我说话了，两眼的目光朝我望了一下，就痛不可忍地又合上了眼帘。我面对巴老，呆呆地站了很久、很久！

此后，我只在心底深处思念敬爱的巴老，没再去医院探望，因为去了等于白去啊！

直到后来有一天，四川省文联主席李致同志来到上海，同他一起来的有从美国来的一位李家后代，据介绍，是巴金先生的侄孙，特地来上海看望爷爷的，要我陪同前去。

当我和远道而来的李家后人一起走进病房，站在巴老病床前，久久地望着他，侄孙轻轻地呼唤他："爷爷！爷爷！"呼唤了多次，巴老一直没有丝毫反应！我们的眼眶都湿润了！侄孙开始哽咽起来！

这时，就在这时，或许是乡音，或许是亲情，巴老的眼角，涌出了泪水，这不多的泪水，这难得的泪水是心灵感动使然！

巴老啊，您是心知肚明的啊……

巴金永生！

文　扶

扶贫，需要物质扶贫，更需要精神扶贫，重在文化扶贫

赴甘肃省会宁县的文化扶贫活动，是从捐赠图书开始的。据文联简报："由上海市文联发起的上海文化艺术界人士为贫困地区的学校、图书馆捐赠图书活动，自七月初开展以来，受到广大文艺界人士的关注，已收到个人和单位的捐书逾千册，文艺家们以极大的热情纷纷捐出自己出版的专著、画册、影集和藏书等并签名，支援贫困地区的基础文化建设。巴金、柯灵、杜宣、徐开垒、杨可扬、叶辛、赵长天、徐檬丹、王玉振等同志，都捐出自己著作或藏书。"

这项活动得到市委宣传部领导的支持，时任市委宣传部副处长的张大成同志，积极参与并联系企业，支持运送去会宁的图书等，解决了多项实际问题。

出乎意料！捐赠的图书，共有六个集装箱之多！

经联系，上海贝尔电话公司的领导表示可以给予资助，将图书运送到地处黄土高坡的甘肃省会宁县，那里正是革命军队三军会师之地，故名会宁。值得我们学习光荣传统的同时，对由于自然环境等原因形成的贫困，需要我们给予切实的扶助，这就是我们开展文化扶贫活动的缘由！

在筹划去会宁送书扶贫的过程中，我想到了这应该也可以成为一次广义的文化扶贫之举，可否请几位优秀的中学教师，随同前往，同当地的教师相互交流教学经验，同时请几位作家和电视台的记者同去，既可体验生活，亦有助于报道和写作。我的设想得到一致赞成，于是，在原南市区教育局领导同志的支持下，邀请了大同中学优秀的语文、数学教师和《解放日报》、上海电视台的记者，随同前往开始难忘的文化扶贫之旅……

上海对口甘肃会宁县的文化扶贫之旅，进行顺利！

会宁县的领导，对我们热情欢迎，密切配合。全县各学校的教师代表，集中到了县城，和上海来的教师进行交流，由上海教师示范上课，课后交流相互探讨，反响强烈，欲罢不能，难舍难分。有的会宁教师，在同我们交谈时热泪盈眶，激动不已，一再表示感谢！

上海电视台的记者也忙个不停，被这一位毕业后放弃城市工作、回到自己家乡办学校的冉树苍校长的事迹所感动。他为了办学，一家人过着简朴生活，连自家的耕牛也卖掉了！记者跟随冉校长去采访，亲眼看见了学校的情况：用手摇自行车链条发电放唱片让学生做广播操，请冉校长妻子出来接受采访她却因为没有一条像样的裤子而四处去借迟迟不能出场……摄制组的同志感动地捐出身上所有的钱……

就这样拍摄了纪录片《黄土高坡一校长》！

这部纪录片在上海电视台播映后，反响强烈。松江供电局干部职工收看后纷纷议论，自发开展捐资扶贫助学，还为冉校长送去了发电机等。

就在这时的一天晚上，我接到市委宣传部金炳华部长的电话，说是有北京某中央领导的秘书打来电话，说领导看了《黄土高坡一校长》电视片后，要了解上海文化扶贫甘肃会宁的详细情况……

没过两天，甘肃会宁县头寨乡中湾小学校长冉树苍打给我电话，说《黄土高坡一校长》电视片在上海电视台继而在中央电视台播出后，已经引起了中央有关领导的重视，甘肃省委的有关领导已经来到会宁县了解情况，并在县领导陪同下，来到中湾小学了……

从此以后，我和冉校长成了朋友，一直保持电话联系。

不久，冉校长兴奋地告诉我说，他被评为先进教师，不久又传来好消息，他受邀赴北京出席劳模大会，受到奖励，戴上大红花……

又不久，应松江电信局邀请，冉树苍校长来上海参观，我和他如久别重逢的老友交谈甚欢……

但有一件事，我想问问冉校长，却犹豫不决，始终没有勇气开口！事情是这样：

当我们将上海文艺家捐赠的六个集装箱图书运抵会宁，在县图书馆举行了捐赠仪式，一位县领导和我签了字并讲了话，掌声经久不息，气氛欢快热烈。

想不到当天晚上，我已沐浴，准备休息时，有人来访，是县图书馆的同志，他显得有几分紧张、几分迟疑地对我说：有领导通知，要将巴金等签名的那几本书送去给县领导……

想不到会有这样的情况！我凝眉沉思后，以商量的口气和这位同志说："是不是你去说，应上海同志的要求，将所赠图书设立一个'上海文艺家赠送图书专柜'，并制图书目录，一式两份，上海市文联的同志要带去一份……"

这位图书馆馆长满脸忧虑地点了点头，离去。

可我对这情景，却一直难以忘怀。此后我和冉树苍校长常有联系，电话中几次想问问"上海文艺家赠送图书专柜"的情况，但都没有提出，因为怕提了会为难冉校长，他又能怎样呢？

双馨（二）

评选产生的德艺双馨文艺家，受到表彰，影响难以估量

市文联举办“争创德艺双馨文艺家”活动以来，在上海文艺界以及社会上都引起了比较强烈的反响，已涌现了一批先进典型，举行了“德艺双馨先进事迹展示会”，引起了广泛关注。在此基础上，继续听取意见，好中选优，评选产生我市第一批德艺双馨文艺家。

在就候选人名单公布后听取意见中，我们对这些意见进行了梳理和分析，关键是有没有影响受表彰的实质性问题。例如，有群众来信反映，有位演员有次在乘火车时，有不文明举动，和同车厢的旅客发生了争吵，态度不够好，造成了不良影响……

我们还接待了来访者。例如前来反映一位被提名的同志，在单位里担任一定的领导职务，工作中在处理一项具

体事情时，有失公正的情况。经了解，情况基本清楚，经和本人沟通，他表示以后工作要做得更细致周到。经讨论一致认为：这要提请当事人注意，但并不影响这位同志当选德艺双馨文艺家。

经各文艺家协会认真工作，在广泛听取意见的基础上，确定了候选人名单，再经过文联主席团扩大会议讨论后，做出决定，并报上级认可，尚长荣、闵惠芬、陆寿钧、詹新、王汝刚、谢荣生、杨新华、周良铁、刘文国同志，当选为上海市第一批德艺双馨文艺家！

这是上海文艺工作者的优秀代表，既是他们本人的光荣，也是我们上海所有文艺工作者的光荣！

首届上海市德艺双馨文艺家颁奖典礼，于 1998 年 7 月 15 日在广电大厦演播厅隆重举行，市领导龚学平、金炳华、胡正昌、谢丽娟等同志出席。

龚学平发表讲话时说："我们高兴地看到，近年来，本市广大文艺工作者特别是中青年同志，纷纷以实际行动投入到争创德艺双馨的活动中去，出现了许多感人事迹，涌现了一批以德艺双馨激励自己，在社会公德、职业道德、家庭美德和文艺创作活动中，作出重大贡献的文艺工作者。今天表彰的文艺家，就是其中的优秀代表！这不仅是他们个人的光荣，也是广大文艺工作者的光荣！"

龚学平同志还指出，这次表彰活动，不是德艺双馨活动的结束，而是要进一步开展争创德艺双馨活动！

颁奖大会上，德艺双馨文艺家尚长荣、闵惠芬、陆寿钧、詹新、王汝刚、谢荣生、杨新华、周良铁、刘文国同志相继登台，用自己的作品展出或表演等不同形式，向与会者展示了德艺的成长过程，激起了阵阵掌声……

争创德艺双馨文艺家活动，在新的起点上，将继续更深入地开展下去。

候　　鸟

候鸟之旅，在东西方之间来回，但根植上海青浦淀山湖畔

我在南市区任职期间，和沈红光、程秉海、顾国椿等同志，有过一次美国之旅，在华盛顿逗留期间，有一位旅美老年华人提出要与我见面，并希望到他家中小坐！

这看似意外却也在意料之中的事，在我旅美期间，已不是首次，如曾有一位家住上海老城厢的旅美华人，到旅店来求见，不为别的，只是想听听上海老城厢如今的情况。经了解，眼前这位老人原籍上海青浦，家住淀山湖畔，故乡情结很深，理应与他见一面。

在朋友的带领下，我走进了这位华人的家中。哇！实可谓他乡如故乡！房屋是中式的，家具是中式的，红木桌椅，中国字画，连茶壶、茶杯也是来自中国宜兴的，特别是主人的口音一点也没改变，上海话中带点青浦乡音……

这对老年夫妇以未改的乡音和我谈家常，无拘无束，畅所欲言！

他告诉我说，老家就在淀山湖畔，从小在淀山湖戏水、游泳、摸鱼、钓虾，是淀山湖的水泡大的……乡情之浓，感人至深！他说自己每过一段时间，总要想方设法回故乡去一次，东走走、西看看，有时也会带自己的儿子一起去……

老人说到这里停了停，沉默了片刻又继续说，儿子不能去了，我就让孙子去，子子孙孙都不能忘了祖国、断了根啊！

我被老人的爱国恋乡之情深为感动！

访美期间见到的华人，都有不同的爱国恋乡之情！

在回国途中，我就想以这些素材写篇小说。

公务在身，业余时间少，加之自己写作能力差，好不容易才写成题为《候鸟之旅》的中篇小说，《电视电影文学》杂志社的主编唐明生同志说拿去看看，不久就发表了。

在市人代会期间，青浦的代表不知怎么听到说有这么回事，就来和我联系，希望我就这个内容改编成电视剧。我说这当然好，只是需要具体商量。

市人代会闭幕后，我应约去了青浦，和区长商谈得很顺利。

这时，我和丁锡满同为主编的《上海老外》一书出版，叶辛、陆萍、王周生等多位作家参加采写，黄志远等策划、编辑、出版做了很多工作，新书首发式很热闹。其间，大家也谈到了青浦要拍电视连续剧《候鸟之旅》的事，都表示这很有海派特色，好好策划，一定会成功……

此后不久，约在某天下午，到青浦区政府签合作协议。

我和丁锡满等有关人员都提前到了青浦，在区政府会议室喝茶。

时间是不等人的。到了，过了……

一再拖延的结果是：区领导说，对不起，今天不签这个合同了！

我们一头雾水，扫兴而回。

没过几天，我在文联办公室时，说有青浦区一位副区长来访，我理应接待。想不到他送来一笔钱，说是约我写《候鸟之旅》剧本的稿酬，电视剧未能投拍，非常抱歉，请我谅解，云云。

对此内情，我不甚了解，难说谅解，但我毫不迟疑地收下了这笔应得的报酬，应该说是稿酬。

在我心底深处，总忘不了这一家旅居美国三代的上海青浦人，常常会想到自己没有尽到应尽的责任，没有写好候鸟之旅……

文　　德

《美丽无声》的美丽和不美丽，如镜子般照见抄袭者的丑陋

那天晚上，我在家里看电视时，接到一位在原南市区工作时期的老同事打来的电话："老李，你的《梳头娘姨传奇》电视剧在播啦，今天是第三集了，你看到了吗？"我问："是哪个频道？"他说："是中央台电视剧频道。"

我放下电话，打开电视机，调到中央电视台电视剧频道，嘿，果然是在播《梳头娘姨传奇》！这是怎么回事？可是，看到片尾，片名却叫《美丽无声》，福建省广播影视集团与福建勤缘影视制作中心联合摄制，那一串制作人名单都不认识，编剧的名字倒并不陌生，这就奇怪了！

这电视剧是 2008 年 10 月 6 日起播出的。我 9 日晚上，才在朋友的提示下看的，看着看着，剧中人物、故事情节、环境背景等，都那么熟悉，连编剧的名字，我也并不陌生，

但这我都毫不知情，噢，显然是那么回事了！

《梳头娘姨传奇》是我写的一部长篇小说，曾在《解放日报》连载，受到关注。当时，上海电影制片厂曾派人来和我联系，说打算改编成电视或电影剧本，我当然表示同意，但自己既没时间也没这方面经验，经商量，先请作家赵丽宏同志改编成电影剧本。我记得赵丽宏同志住在电影厂一周左右，先后约我去过三次，详细商谈了改编的思路、人物、风格等，写成了电影剧本，但并没有投拍。

这一过程都有电影厂的人参加。

2004年8月，民营影视企业“星缘文化经纪有限公司”为将这部小说改编拍电视剧前来和我联系，商定了改编协议。记得这过程中，我们多次接触，我也去过该公司，公司的负责人也来到我家附近的茶室洽谈合作事项，还给我家送来过大西瓜呢！特别值得一提的是：我曾应公司负责人的请求，在中山公园对面的酒店，由我出面宴请了台湾客人白先勇先生，席间自然谈及了这部以梳头娘姨为主人公的电视剧的合作情况……

可是后来，对方却虚以应付了，再后来，就出现了本文开头提到的情况。这算什么行为？道德何在？

我向上海市文学艺术著作权协会写了委托书，请求查处。

发函以后，著作权协会是重视的，中央电视台也回了信，但说他们只播映，其他不知情。结果不言而喻，推、推、拖、拖，不了了之！

我哪有那么多精力去打这场官司啊！再说了，何必呢？有关人员有的是认识的，心知肚明这是怎么回事，那就算了吧！

不过，那几个在影视圈混的人，你等应有点羞耻感吧，讲点文化人应有的德性……这是个令人忧思的问题啊！

说到这里，我记起了画家吴青霞先生被骗的事。有一天，我突然接到她打来的电话，请我快点到她家里去一下。我赶了过去，她愁容满面地向我诉说：不久前，有两个相貌堂堂的男人找上门来，自称是慕名而来的台湾画院的负责人，递过名片说，久仰吴老师的大名，一直想为吴老师在台湾办次个人画展，云云。于是，吴青霞就让他们看了几幅画，他们连声称赞，说定要为她在台湾办好画展，还告诉说他们住在某宾馆，打算再租一间房，请她住在里面，安安静静地再画几幅新作……

想不到这两个人把画拿去，说是布置展览会去了，以后，就再也联系不上了……

骗子！并不高明的骗子，却使我们忠厚诚实的女画家，上当受骗了！

我为吴老师报了案，可是，毫无结果！

我很惭愧，怎么自己也被蒙骗了呢？！

作为文联的工作人员，我不能只是因为个人的作品被“偷”而气愤，更应该想到的是：这方面有更多的情况需要调查研究，如何采取有效措施保护文化人的权利？怎样防止“文偷”“雅贼”为非作歹？发生类似的问题怎么追查和处理？都值得深思啊！

墨　　宝

谢老赠我墨宝“乐耕之夫”，令我铭心刻骨，教我为人为文

我接到谢稚柳先生的电话，要我方便时到他家里去一下，口气不像往常那样轻快而随便。我满口答应着说：“好的、好的，我就过来。”没问有什么事情。

在去谢老家的路上，我眼前呈现着不久前举办过一次生日宴会的情景：谢老的全家人都到齐了，亲朋好友来了不少，据说还有从海外赶来的，非比寻常的隆重。

我向谢老表示祝贺，他拉着我的手，一定要我坐在主桌，而且指定同他比肩而坐，我不便再推让下去，尊重、听从、顺谢老的心意，是我当时叮嘱自己必须遵循的原则。因为我已经知道，谢老的病情不容乐观，他本人也心知肚明，但却泰然处之。

我遵从谢老的安排，和他握手言笑后，就同他比肩

而坐。席间，我们有时附耳轻声地交谈，有时他为我搛菜，有时他笑着和我碰杯，显得轻松愉快，欢乐之情溢于言表，与往日毫无不同。但我心知肚明，他的病情不容乐观啊！

……

就在这次不寻常的生日宴会以后不久，谢老打来电话，让我去他家里一下，会不会有什么急事呢？莫非他身体有什么不适？治病有什么事情需要……我不能迟延，请驾驶员带我赶快去了谢老家里！

门铃像往常一样响起，谢老像往常一样，亲自开门迎客，而且照常彬彬有礼。我心想，多么可敬可爱的老艺术家啊，他的画，美！他的为人，美！名副其实的美术家！

交谈是随意而推心置腹的。谢老对我讲到，自己年事已高，疾病缠身，这也是不可避免的自然规律，所以就会想到趁现在身体还可以时要抓紧做好该做的事情！“我记得你至今还没有我的作品。喏，我为你画了一幅小画以留作纪念！”

说着，谢老递给我一幅事先专门画好的画，画的是一头牛，题了“乐耕之夫”四个字。我捧读这幅凝聚着真心实意的画，感动得一时不知如何表达为好。“谢谢”二字哪能表达我的心声啊！

知我者，谢老也！

鞭策笨“牛”奋进者，谢老也！

谢老赠我的这幅画，我一直珍藏着，并用在了我的一本新书的扉页上。其实，谢老这是赠送了我一根鞭子，我应该经常鞭策自己这头笨牛，更加勤劳地为人民拉车、耕地……

留　影

生活，是创作的源泉；文联，引导文艺家深入生活，理所应当

这是我近日整理书房时，无意中捡到的一张照片。粗看都是些矿工，头戴有矿灯的安全帽，身穿矿工服，头颈还系着毛巾呢；可仔细一看，原来是上海的文艺家到矿上生活时的照片，都是上海的文艺家和市文联的工作人员。喏，文联的张惠玉、朱毓吾，文学报记者陆梅等，都笑吟吟地好开心啊！本人也站立其中，在挥手，不记得向谁致意。我想不起来了，也不记得是哪次采风活动在哪个矿区拍下的照片了！

记得我在文联工作期间，有过多次采风活动，其中先后两次组织文艺家到矿上。一次是到地处南京市郊的梅山铁矿，此矿可说是上海的“飞地”，隶属于上海管理，选举产生的上海市人代会的人民代表，编在我当时供职的南市

上海文艺家矿上采风

区代表组，因而就有了矿领导给我这个刚到任的市文联党组书记十万元资助的历史记忆！这张照片，可能就是后来组织上海文艺家到梅山矿区生活留下的。但也可能是后来的一次，也就是我们上海文艺家到大屯煤矿深入生活时的留影之一。而去大屯煤矿，则属于跨省市的采风活动了。

记忆犹新的是，文联在组织采风活动中，曾经发生过不该发生的意外事故，书法家张成之同志途中突发急病跌倒不幸去世。虽然采风活动照样进行，事故处理也比较顺利，因为得到了家属的理解和谅解，上级领导也比较体谅，文联工作人员努力配合，并未给文联的工作造成更多的不良影响；但发生事故，不能因噎废食，而要正确总结经验，吸取教训，把工作做得好些、再好些！把组织文艺家采风、深入生活这项工作做得更好！

说到采风活动，也就是组织文艺家深入现实生活，究竟是不是文联的一项重要职责？到底有没有必要去做？是不是文艺家们的需要？上级也没有这方面的布置，要不要自找麻烦？这是我们文联的工作人员中，有过议论的问题，也是文艺家们谈论的热门话题之一。说实话，那次组织文艺家采风活动发生意外事故后，这些我也思考过……

生活是创作的源泉。到现实生活中去亲身体验是文艺家们的需求，应该就是文联服务的重点，组织采风活动受到文艺家们欢迎，踊跃参加，就是有力的说明！有位舞蹈家每次都积极参加采风活动，主动谈采风活动的好处。我在任时，她见到就问什么时候再组织采风？我退休后，偶然见到她还同我笑谈采风……

这张到矿山采风的照片我珍藏至今，也许和我与矿山曾经有过难忘的记忆不无关系！记得在那不该淡忘的无产阶级“文化大革命”期间，我在一家制药工厂烧锅炉、拉煤、倒煤渣。忽然有一天叫我去柳州的煤矿，住在煤矿的山上，天天去推煤斗车，运煤，知道采煤是怎么一回事，矿工是怎样的工作、生活。我也了解大概情况。这两次组织文艺家到矿上体验生活，我可以不下井，矿上领导和文联的同志也有建议我不下井的，但我还是和大家一起，下到几百米深的井下采矿现场。

人生之旅中，有下到矿井深处的经历，是值得回味的！我面对和文艺家们一起穿矿工服拍的照片，久久地陷入沉思默想之中……

顾　　问

顾名思义，顾问就要又顾又问，不应不顾不问挂虚名

我在区里工作时，我们就办过一张《南市报》。调到市文联上班好久后的一天，丁锡满同志来找我，说是要让我参加上海区县报顾问团，分工副刊方面的事务。我坦言不挂虚名，当顾问就要又顾又问，当然要适当……

不久，我应聘担任区县报顾问团顾问，我把这看作是老朋友给我的联谊和学习机会，没有推辞也不好推辞，虽说自己不懂办报，能和马达、张启承、丁法章、贾安坤等老报人们在一起，只要虚心学习、热诚服务，与朋友交，肯定会有益。

“上海区县报高级专家顾问团”这名称让我望而却步，但又不便提出什么，萧丁兄点名要我参加，只有勉力尽责，好在有名副其实的办报专家张启承、丁锡满、丁法章、顾

左起：李伦新、赵启正、丁锡满、殷继佐

宪龄同志等在一起，还得到赵启正、尹继佐等同志的指导和鼓励，我就壮着胆子跟着一起做了，当然要注意多向行家们请教，向团长请示汇报。

在团长指导下，我们分别在松江、崇明举办过“如何办好区县报文艺副刊?”这样的专题研讨会，各区县报副刊编辑在一起，总结交流办好副刊的经验，还编辑会议文集，与会同志相互切磋，有的还成了朋友!

后来，女作家殷慧芬同志参加进来，共同进行副刊方面的工作。她写的长篇小说《汽车城》曾获全国大奖，可是因用眼过度生了病，我闻讯曾去市第一人民医院探望、劝慰，出院后，我和文联有关部门的同志前往嘉定，登门慰问……请她来作区县报副刊的顾问，正合我意，我们配合默契地尽职尽责。特别值得一提的是，殷慧芬的爱人楼耀福也是一位作家，擅长散文随笔，我在为迎接上海世博会组织撰写“海派文化丛书”时，也请他写了一本，因而我们成了好朋友，有时会趁便到他们家去喝茶聊天。有时殷慧芬来开会，楼耀福开车接送，他们被誉为模范夫妻、作家伉俪……

一年一度的好新闻、好版面、好作品等评比、表彰先进，交流经验，相互借鉴，有的区县报还结成对子，平时也相互交流办报经验。一张张区县报的文艺副刊，办得像模像样的，我们心里自然很高兴。

我经常收到松江、黄浦、嘉定、崇明、静安、奉贤等区县的报纸，都认真关注副刊的版面情况，读重点文章，有时还和主编或副刊责任编辑交谈，听取意见与要求。这对我既是学习机会，也是熟悉过程，有时还为区县报副刊写个小稿。好在文章在区县报副刊刊登后，不影响在市级及其他报刊发表，往往先在区县报发，这不算一稿两投！

写到这里，我应该作个声明：区县报这个提法，现在要改改了。因为原崇明县也改为崇明区了，上海已经没有县的建制，从今往后，我们上海只有各区而不再有区县了。因而我们也要改称为：上海市区报高级顾问团了……

形　　象

艺术家重视自身形象，其实都在一言一行中塑造

我去北京，出席中国文学艺术界联合会召开的各省市自治区文联负责人会议时，得悉曹禺先生住在医院疗养，我理应前去探望，我们上海的著名电影表演艺术家白杨老师，也在北京住院治疗，我也理应前去探望。

中国文联帮助联系，按约定时间前往医院。走进曹禺先生所在的病房时，先生已在等候，拜访是在亲切而随意的气氛中进行的。特别令我感动的是，告别时，坐在轮椅上的曹禺先生，一定要送我到电梯口，才紧紧握手互说再见！

然而，访问白杨老师的安排却发生了意外。她打来电话说，现在不要去医院看望，待她出了医院回到上海后，到她的家里见面！她再三表示谢谢关心！

我一时难解其意。

过了一段时间，她打来电话，说她已经出院，回到上海家里，如文联领导方便时，欢迎到她家里来。

我按约定的时间前往，一走进门，眼前一亮，看到她坐在轮椅上，笑吟吟地迎上前来，和我紧紧握手，表示欢迎！我面对她亮丽的形象和飞扬的神采，联想到她在舞台、银幕上所塑造的艺术形象，突然明白了她在北京住医院时何以婉拒我去看望的原因。

形象！都是因为形象！

记得有次参加一个文化活动，看到孙道临同志，我眼前一亮，就脱口而出：

“啊哟，道临同志今天打扮得好漂亮啊！”

“什么？难道我只有今天才漂亮吗？”

“我说错了，道临同志天天都好漂亮！”

“这才像话……”

我还为此就形象问题写过一篇短文呢。

官员就更应该注意自己的形象啊！作为人民公仆的官员，应该是什么样的形象呢？焦裕禄式的人民勤务员形象？官僚主义者形象？贪污腐败分子形象？当然，人人都要注意自己的形象，党员、官员尤为重要！

当然，官员形象不是“注意”出来的，而是以每时每刻的实际行动自然形成的，是以自己的一言一行、一举一

与孙道临同志合影

动形成的！须知老百姓的眼睛是雪亮的，心里都有一杆秤，哪个官员怎么样都心知肚明呢！同样的是，哪个作家艺术家怎么样，读者和观众也都是心知肚明的！形象，是一举一动、一言一行塑造的啊！

人　　字

一撇一捺写好人字不容易；双脚走好人生之路更要用心

写到这里，我想到了怎样写好一个人字的问题。

退休后，我住到长宁区长宁路来，为的是靠近中山公园，可以去和花草树木亲密接触，和小鸟儿闲谈，或在幽静的曲径散散步、发发呆，或在树荫之下打打太极拳……以安度晚年。

迁居初时，可以说清净多了，尽享陌生独有的好处，但时间长了，也会有和熟识的人聊聊天的欲念。人，就是这么不可思议。

收到一封长宁区关心下一代工作委员会的来信，通知开会。随后我又接到电话，哇！好熟悉好亲切的口音啊，李仁杰的名字哪还用介绍？我太了解了，他和我几乎同时分别担任长宁、南市区政府、区委的主要责任人，开会常在一起，有时比肩而坐，难免附耳轻声地交谈。我还曾经受邀并在他亲自陪同下，参观古北新区……如今，他因年龄原因，从领导岗位退下来了，转而热心于关心下一代的工作，我怎能不去看看他呢？在他的感召下，我参加了一些活动。

其实也就是在区和街道“关工委”的安排之下，到中小学校参加如开学典礼、升旗仪式等的活动，为学生们讲过很少的几次课。值得记述的是：我大都是就怎样写好一个“人”字，和同学们交谈！

中国文化博大精深，汉字的学问也非常丰厚、精准。就拿这个人字来说吧，就值得我们每一位中国人反复咀嚼、经常品味，总会有新的体会的！

写个人字，只有两笔，一撇一捺，看似简单容易。其实不然。要写端正，写好，不容易，可以说，很难，因为是要一步一个脚印地“写”出来的，是自己为人处事、待人接物，包括如何对待事业、集体、家庭、婚姻、子女、同事、亲友……

那么，哪几位可以称为中国人的楷模呢？

哪几位可以称为上海人的楷模呢？

这个问题，我没有全面调查研究过，不好随便说，也不要同学们来回答。

仅就我个人不全面的了解和肤浅的认识，我认为我们上海，这两位不同历史时期的上海人，可以作为代表性人物，供大家进一步了解、讨论、学习：

一位是徐光启先生，他的生平事迹，我只是有所了解，已经对他非常崇敬！这是一位热爱祖国的明代科学家，他官至文渊阁大学士（相当于宰相），兼任内阁次辅（相当于国务院副总理），但他卓尔不群，不屑于尔虞我诈，讲求淡泊明志，在农学、数学、天文学等领域，都取得了杰出成就。他和意大利人利玛窦先生合作翻译成中文的《几何原本》前六卷，1607 年出版后，引起巨大反响。他提出的"欲求超胜，必先汇通"，被誉为中西文化交流的先贤……他不愧为倡导中西方文化交流的先行者、海派文化的创始人，值得我们敬重，更值得我们学习和继承、弘扬！我在做海派文化课题和演讲时，都强调说，徐光启堪称上海人的楷模，是位热爱祖国的科学家！值得向他学习！

现代上海人的榜样那就更多了，就我所知道就有王孝和烈士等，当今劳动模范如"抓斗大王"包起帆当然可以是一位，我们也都应该向他们学习，发扬他们的事业精神和创新经验……

向古今中外的先进模范人物学习为人处世的先进事迹和经验，写好自己的这一个"人"字，是要用心努力一辈子的。

小　草

一棵小草，微不足道，却也要为人类世界增添一分绿意

丁丑年春节期间，市文联负责人向老文艺家拜年的名单，登载在文联大事记上的，有以下诸位：巴金、夏征农、陈沂、于伶、王元化、贺绿汀、柯灵、张瑞芳、孙道临、刘琼、陈鲤庭、秦怡、汤晓丹、张伐、谢稚柳、程十发、谭抒真、卫仲乐、周小燕、孟波、赵铭彝、胡文遂、赵冷月、翁闿运、任政、胡蓉蓉、草婴、包文棣、周柏春、筱咪咪、姚声江、吴子安、张樵侬、桑桐、吕其明、张敦智、何占豪、施鸿鄂、薛范等同志。

同时，还探访了已故朱屺瞻、洪深、丁善德、王云阶、宋日昌、郑拾风等同志的家属。

春节前夕，还分别走访了刘祥林、苏平、夏白、何慢、李国卿、郭青、曾文渊、刘庆根、徐谋达、何继达等文联

离退休老同志……

这里还不包括由各协会的同志前去拜年的一部分文艺家。

面对当年文联简报上的这份名单，我闭目凝神，沉思默想，想到当年上门给文艺家们拜年的情景……

也许你会对草婴先生的原名提问，我也是后来才知道的，他本姓盛，名峻峰，1923 年生于浙江宁波，是我国第一位翻译肖洛霍夫作品的文学翻译家。后来改名草婴，是因为他感悟到小草是最普通最普遍的植物，遍地都有，但又顽强坚韧，“野火烧不尽，春风吹又生。”草婴先生曾说：“我是一棵小草，想为世界增添一份绿意。”

草婴先生这样说了，也这样做了！

我们这代人的青年时期，大都读过不少苏联和俄罗斯作家的作品。记得我曾经读过契诃夫、高尔基的多部小说，草婴先生翻译的《托尔斯泰小说全集》我爱不释手，尽管收入不多，还是从书店将全集捧回了家！当年我有幸参加了上海市青年文学小组，还是小说一组副组长呢！如饥似渴地读小说，读了不少苏联作家的作品，草婴先生翻译的肖洛霍夫的《一个人的遭遇》、尼古拉耶娃的《拖拉机站站长和总农艺师》，对我都有不可磨灭的影响，说来话长啊！

我对草婴先生心怀敬重，是不言而喻的。

当我读到上级领导批转下来的一封人民来信，简直不敢相信自己的眼睛：这，果真是这样吗？堂堂翻译家，至今还是个没有工作单位、没有工资收入、没有医疗保健的“三无”之人？兴许是弄错了吧？草婴先生本人从来没有提出过这方面的问题呀？喏，上面这张春节期间文联同志登门拜访的文艺家中，也有草婴老师，他也出席了文联举办的元宵节文艺界团拜会，我和他握手致意，他笑逐颜开，从来没有这方面的丝毫情绪流露呀，这究竟是怎么回事呢？

我立即安排，约定时间，登门拜访，弄清情况！

草婴先生的夫人盛天民接待了我，她俨然当家人，同我交谈，谈家常、谈翻译……后来才知道，她几乎就是草婴先生的代言人！也许这是因为草婴先生显得性格内向，又专注于翻译吧。

情况清楚了，草婴先生一直都是以稿费收入为生！如今年事渐高，体质趋弱，寻医问药的事自然渐渐多了起来。身边知情的人自然想到草婴先生如今没有工作单位，显然是个问题，应该寻求妥善解决的途径了，于是就有了前面提到的写给市领导的那封信！

我在拜访草婴先生过程中，他谈得最多的就是文学、翻译、托尔斯泰……上述问题几乎没有讲几句话，在他看来，似乎这不是什么大不了的事情。记得他在握着我的手告别时，满面笑容地说：“你读过这么些俄罗斯文学，很好！我很高兴！”

草婴先生的事情很快就得到解决：为他落实了工作单位，每月发给工资，并办好了医疗保健方面的手续，先生和师母都表示满意……

后来，我在华东医院看到草婴先生，他穿着疗养员服装，坐在轮椅上，神情安详，微笑着和我招呼，我连忙上前，握着先生的手，躬身同他轻声交谈……

草婴先生于 2015 年 10 月 24 日，在华东医院逝世，享年九十三岁。

草婴先生走了，一棵小草在大地上消失了；然而，他的一部部译著，如同一棵棵常青树，将永存人间！

说来有趣，多年以后的一天傍晚，我作为一个就诊者，站在华东医院东楼门口，两手提着一包包的中药，面对倾盆大雨和下班时的车流高峰，正愁叫不到出租车时，草婴先生的夫人盛天民主动喊我，热情地要我上她的汽车，送我回家。盛情难却，我上了她的车，并说明我是临时起意回家一趟，没有向单位要求用车……

爱　　晚

夕阳无限好，好在尽情放光彩，贵在光照人间

我记得很清楚，那是个炎炎夏日的星期天的午后，我在地处西凌家宅的寒舍，赤着膊，只穿条短裤，伏案“爬格子”写稿，忽然隐隐听到有敲门声，似乎已经敲了好几下，因而越敲越响。我连忙快步去开门，没想到出现在我面前的是著名艺术家张瑞芳同志！

“啊呀，您怎么……来了？”我不无惊诧地说。

“怎么？只可以你去我家，不可以我来你家？”她笑吟吟地反问。

“可以、可以！”我不无尴尬地说着，就迎她进了屋，自己则慌乱地走进小房间，示意妻子快去招待这位不速之客，因为我还赤着膊、穿着短裤呀！

当我匆忙穿好了衣服并稍许整理一下蓬乱的头发后，走到瑞芳老师面前，不无掩饰地说：“大驾光临，有失远

与张瑞芳老师

迎，非常抱歉！”

“抱歉的应该是我，不请自来！好，不说这些了，我来有事和你商量呀！”瑞芳老师开门见山地说，“我年事已高，想到同龄人中，有的安度晚年存在困难，虽然政府已经在关注，我想我可以做点什么呢？就想到办个敬老院，今天就是来和你商量这个事情的！”

这突如其来的问题，我一时还没反应过来，不知如何回答是好。

这时，瑞芳老师胸有成竹地说：“办敬老院，不是做生意为赚钱，我是想办一个温馨的家，让我们这些有着共同爱好、共同语言的老人，有一个共同的家！”她笑了笑又说：“我和我儿子的丈母娘商量过，她是退休教师，为社会服务挺热心的，我们一起来办敬老院，请你支持！”

我被这两位老人的精神感动了！对瑞芳老师肃然起敬，毫不迟疑地说：“我理应向瑞芳老师学习，您需要我做点什么，我一定尽力而为！”

在商量过程中，我特别强调，在做好“物质养老”的前提之下，更要注重“精神养老”的问题！这是我一段时期来观察、思考后的一点不成熟想法。

瑞芳老师连连点头，表示赞同，微笑着对我说：“这方面，要请你来帮助了，你可不要推辞啊！”

在送瑞芳老师乘电梯下楼时，人们都兴高采烈地喊：“李双双、李双双！”有的抢着来和她握手，挤过来和她表示亲热，这位人民艺术家受群众爱戴的场面，至今难忘！

在张瑞芳和顾毓青两位老师的努力下，爱晚亭敬老院很顺利地办起来了！

我走进虹桥路上这新创办的敬老院，瑞芳老师和她的儿女亲家顾毓青老师热情接待，陪我楼上楼下地边参观边作介绍，喜悦和自豪之情溢于言表。来到楼上靠近露天活动场所，瑞芳老师指着一间门关着的房间对我说：“喏，这一间是留给你来住的！”我听了简直不敢相信自己的耳朵，脱口而出问道：“给我？不不不！不可、不能！我要来住的话，会提出申请！”

话题转到精神养老方面，瑞芳老师有独特专长，她和老人们一起唱歌、谈艺术等，老艺术家和老教师在这方面具有独特优势，编创的敬老歌曲，唱得何止有腔有调，简直是悦耳动听！这是后话。

我报告了关于敬老院想办图书室的情况：经和学林出版社社长雷群明同志商量，得到他的热情帮助，拟以瑞芳老师的名义，给上海各出版社负责同志写一封信，简要介绍爱晚亭敬老院情况，为注重精神养老，拟创办图书室，请予关心和支持，为我们推荐适合老人阅读的

与张瑞芳、雷群明

图书，我们来购买，有的如能适当优惠价格，我们非常感谢！有的如能适当捐赠一部分，更加感激！这样做法，两位院长都同意，我就和雷群明同志开始操办，成效很好，上海各出版社也都大力支持，我们由衷地表示感谢！我书房里还保存了一张有张瑞芳、顾毓青亲笔签名的感谢信，全文如下：

上海市编辑学会并惠赠图书的各出版社：

今天，我们敬老院收到由你们赠送或低价卖给的近2万码洋的900多册图书，十分高兴和感动。特代表敬老院里的老人们和我们全体职工，向你们表示衷心的感谢和极大的敬意！

我们爱晚亭敬老院以尊老爱老为宗旨，希望把敬老院办成一个集生活、学习、养老于一体的新型集体，给老年人营造一个安度晚年的理想环境。为造成全社会尊老爱老的良好风气作　点贡献，决定在敬老院里开设图书室和阅览室，让老年人老有所学，老有所乐，不仅物质生活丰富充实，而且精神生活也丰富多彩。

承蒙你们的大力支持，我们的图书室和阅览室的书刊日渐丰富，看到老人们在其中流连忘返，我们感到十分欣慰。而这一切又都是与你们的无私帮助分不开的。再一次向你们表示感谢。

希望我们以后继续加强联系。

恭祝

夏安

爱晚亭敬老院

张瑞芳　顾毓青（签名）

2005 年 7 月 18 日

虹桥路上的这敬老院房屋有限，不能满足需要，又在青浦开办了分院，地方大了，图书室像模像样的，院里的老人热情参与，有的当管理员，有的负责将图书分类整理编目等。我在这图书室里流连忘返，深受感动……

岁月催人老。一直参加市政协活动的瑞芳老师，见到我时总是热情招呼，欢颜笑语。然而，随着岁月流逝，不知不觉间老态渐显，有次生日祝贺会后的聚餐，我与她比肩而坐，猛然感觉她的动作迟钝、神情呆滞，和她交谈也反应很慢，我为她搛菜，和她说话，她都不同以前的热情大方了……

此后不久，听到说瑞芳老师患病住院，我赶去华东医院看望，见她正坐在病房里看电视，我喊了声瑞芳老师，她转过脸来朝我点头微笑，招呼我在她身旁坐下。我关切地问她身体状况，她只平淡地说："没啥，还好。"过了会儿，又补了一句："老了呀！"我悬着的心暂时放下了，但

与张瑞芳老师在敬老院

我和她的交谈却大不如前，我想她治疗、休养一段时间，就会好的。

后来我去医院看她，连喊两声“瑞芳老师！”她却毫无反应，眼睛盯着电视机，但电视机实际却是关着的！我心头一颤，怎么这样了，瑞芳老师？

弥留之际，瑞芳老师最放心不下的是两件事，中国的电影事业和爱晚亭敬老院！

没过几天，她的儿子赶到上海，走进华东医院，站在病床前喊了两声：“妈妈！”几分钟后，她就安详地走了……

瑞芳老师，安息吧！

腹　诽

牌楼匾额被改，意见不当面提，却在肚里嘀咕，可谓“腹诽”。

在我离开工作、生活多年的南市区，调到市文联工作以后，意随情牵似的还会常到南市区东走走、西看看，还会为在这里工作期间的缺失而深感愧疚，当然也会有些难以言表的腹诽之情……

最使我难以释怀的是，老城厢环城圆路上，人民路丽水路口和文庙路口的两座牌楼的匾额题字，令人费解地被改换了！有必要如此这般地改吗？是改得对、改得好，还是改得不伦不类了呢？我百思不得其解！

文庙路口的牌楼，飞檐翘角，古色古香，仰面望去，那上面匾额的题字需加辨认才能明白，一面是“乐迎远朋”，一面为“文昌物华”，一目了然，设计者是颇具匠心的。如今临中华路的一面改成了“文庙”二字，龚学平同志亲笔题写，这就使我百思不得其解了！

人民路丽水路口的牌楼，则显得雄伟壮观，特别是两侧立柱上那石雕的狮子，不同寻常。非坐非蹲、非俯非卧，而是正从石柱上向下蹿的生动形象，可谓活灵活现！上面的题字原为“古邑新辉”和“豫悦佳宾”，可那人民路口的一面被改成上海豫园旅游商城的招牌了！

每当我看到这牌楼上被改换的字，心里就像被堵了似的不舒服，却难以言表，只得低声慨叹而已，只好如此！只能这样！

我自然会想到龚学平同志，他是较长时期主管上海文化艺术事业的领导，又是文庙路牌楼改字的亲笔题写之人，我常常想就这件事向他当面讲讲我个人的看法，当然也包含对他的意见，可是，总因勇气不够而没有开口！

我是一直在基层、在区里工作的人，接触市级机关领导同志，除了工作、开会，个别交往的机会很少、很少！老龚同志可算是个例外。这是因为，他在市广电局领导岗位时，有时参加市人代会和我这个南市区的代表在一起开会，休息时打扑克闲聊，原来我们还是南京同乡呢！记得有个星期天的上午，他和还有一位也是姓龚的领导同志，来到我的家里，无拘无束地交谈，印象深刻。后来，我调到市文联任职，老龚一直是我的上级领导，给予文联很多关心，也给予我许多帮助，有时我们文联的活动不甚符合要求，他也能给予谅解，令人心存感激！如果我去向他提出这牌楼上的题字问题，他会怎么样呢？接受？改进？还是……结果我难以预料，又何必去惹这个麻烦呢？

我想老龚这样改字，一定会有他的理由，也许……想来想去，我还是想不明白，要改，为什么不将牌楼两面的字，都改掉呢？如今这个样子，显然不协调啊！应该去同他敞开心扉谈谈，也许他会接受我的意见，或者他认为是我跟不上形势。如今市场经济了，都要追求效益、利益，那不是自己落后于形势了吗？我不无自嘲地对自己说："你啊，不在其位、不谋其政，就不要再操这份闲心了吧！"

终于，我还只是"腹诽"而已！

可是，我总会到老南市去走走、看看，那两座牌楼上的题字被改的问题，还是挥之不去，时常想到，甚至可以说还在耿耿于怀，至今也无法摆脱！

当然，这仅仅限于独自"腹诽"而已，很少向他人流露过，只和老南市文化人顾延培君谈论过，他实实在在的是位上海老城厢文化的守望者、传承人，当然和我有同感，为此还给我专门写来说明情况的一封信呢。我由衷地感谢顾延培同志！

《银楼》

二十集电视剧《银楼》播映以后，引起的反响出乎预料

写到这里，我为《银楼》这部作品是否收入自己的文集颇费思量。

在杨益萍同志和上海市作家协会有关领导的关心之下，《李伦新文集》的编辑出版工作正在顺利进行，收集、整理我所发表、出版过的文章，分长篇小说卷、中短篇小说卷、散文随笔卷、海派文化研究卷和人生追忆卷共十卷。对于《银楼》这部作品如何处置，使我颇费思量！

记得那是 1996 年 4 月初的事情了。尤小刚主持的中北电视艺术中心，举行作家联谊会，邀请我和姚扣根等同志参加。会议期间，要与会者报创作打算，小姚问我怎么报。未经慎重考虑，我就让他报了个金融风波方面的创作意向。没料想，尤导在会上对这个选题表示肯定，还讲了溢美之

词，印在了选题名单上！

这倒使我们为难了。

其实，我是想过要写写银楼这个题材的。因为我曾经跟随祖母在南京市生活过一段时间，姑父家开五洋店，也就是卖香烟、火柴之类的商店。那时，火柴叫洋火，肥皂叫洋皂，石碱叫洋碱……姑父的儿子也就是我的表哥，在三山街一家银楼上班，回家讲些银楼的事情，我也去银楼门口玩过，留下的印象是难忘的。

我临时起意报了这个选题，坦白说，并未周到考虑，带有应付一下的意味。

没想到主办方却当真了，会议期间还要签合作协议！

看来，姚扣根同志对这个创作选题，和我是一致的……

会后，尤小刚派人来到上海，要和我们签正式合同，落实写作计划。这，令人有骑虎难下之势。当然，如果能写成这样一部作品，无疑也是有益的事情。于是，《银楼》就这样开始进入创作过程。

我们剧本还没完成，合作方就要开始投入拍摄，据说电视剧往往就是这样拍出来的。

在江苏某市选定了拍摄场地。姚扣根同志很认真，在现场边改剧本边提供台词，就这么分秒必争地抢镜头，够辛苦的。

我赶去名叫“个园”的拍摄现场，真可谓开眼界、长知识，尤导和创作团队就是这样紧张有序地拍戏的！

二十集电视连续剧《银楼》试映，在上海文艺宾馆进行。双方共同邀请了有关人士，其中有我的文朋书友。连续观看二十集试映，真够累的，但大家都一口气看下来了，肯定声、赞扬声为多，当然也有提修改意见和建议的。丁锡满、汪天云等同志给了充分肯定，并都专门写了评论文章，发表后引起关注。

《银楼》的播映成功，不必细述。

此后不久，我赴京开会，导演尤小刚同志约我见面，请我吃饭，欣喜地告诉我：电视剧《银楼》放映很成功，票房收入多少万；接着又将二十集电视剧改成了四部电影，放映效果也不错，为他赚了多少万。他笑容可掬地举杯向我敬酒，表示感谢！

我说成功就好，何必说谢，这是共同努力的结果，你可谓《银楼》的催生婆呀！我们都畅怀大笑了起来……

上海文艺出版社社长江曾培同志，亲自来到文联，走进我的办公室，说是来祝贺《银楼》创作成功的。这位资深出版专家，文章写得好，为作家出版作品做得好，广受尊敬，我对他心怀敬仰，哪知他会如此关心《银楼》，更想不到他会主动前来找我，说是专门为电视剧《银楼》改写成书出版之事而来，这使我何止只是感动！

“可是，我们还没有写成书呀。”我坦言。

江曾培同志胸有成竹地说：“你把电视剧剧本给我，我请一位年轻作家去改写，你们审定就行。”

就这样，《银楼》一书，很快由上海文艺出版社出版了……

因此，我何以决定将《银楼》不收入自己的文集之中，就不言而喻了。

但《银楼》的创作起因、拍成电视剧、编写成书出版等情况，却是值得一提的，主要是为了在此感谢关心、鼓励、支持、帮助我写作的同志们！

访　　台

祖国宝岛台湾之行，难忘！同台湾同胞之谊，珍贵！

我珍藏着1998年5月我们中国文学艺术界代表团台湾之行的资料。

中国文联赴台湾访问团名单：团长高占祥，副团长商钊，顾问戴肖峰，秘书长罗扬，秘书朱汾。团员有：刘兰芳、李伦新、林晓峰、蒋夷牧、赵季平、姚墉、郭秋良、李树声、李媛媛、谢飞、刘长瑜、李元华、梦鸽、徐秋、刘晶。

将组织一个中国文联代表团访问台湾的信息传来，我就想到会不会我也能参加？不言而喻我很想能参加，因为至今我还没有去过祖国宝岛台湾啊！而且自己已过了退休年龄，随时就要“下岗”了，那时再去台湾弥补这个遗憾，就不大方便了，况且只能是以旅游的形式，得不到多少文化交流，因此，我想尽可能争取参加中国文联组织的访台！

据知，这次访台活动是由台湾著名电影导演李行先生邀请并将全程陪同。据我所知，李行导演原籍江苏武进，1930年生于上海，1948年随父迁往台湾，他导演的电影如《养鸽人家》《汪洋中的一条船》等艺术水平都很高，影响很深远。这次能和这位本家相会，倒也蛮有意义！

通知终于来了，让我去北京报到，在中国文联主要领导高占祥主持下开组团会议，我和将同行的团员们一起，在高占祥同志主持下，学习了有关文件，讨论了行程中的注意事项等。

我们是从广州乘火车经香港再乘飞机抵达台湾的。一路上歌唱家梦鸽教大家学唱《朋友之歌》，因为我们是应朋友之邀去和朋友相会，当然也是一次中国两岸同胞的友好相会，而且是文艺界同行之间的友好往来，自然会一路欢笑一路歌声了。我这个五音不全的人，也起劲而认真地学唱这首《朋友之歌》："千里难寻是朋友，朋友多了路好走……结识新朋友，不忘老朋友，让我们都成好朋友！"

代表团飞抵台湾，一下飞机，就有李行导演、凌峰先生等前来迎接，宾主之间如久别重逢的亲人，紧紧握手或热情拥抱……

李行先生对我们代表团表示热烈欢迎，迎送到宾馆休息时，同行的朋友同我交谈。我说到台湾就像到祖国其他城市一样，毫无异国他乡之感，要说有什么不同的话，那只有繁体字一项，但我也都是认得的！

住进宾馆，我和著名导演谢飞同住一间客房。进了房间，发现没有牙刷、牙膏和拖鞋，向服务生询问，才知道这是台湾的规矩，要客人自备，因为这样可以避免浪费，云云。我们都点头称是，看看天色已晚，连忙外出购置。可是，商店都已打烊了，正感到不知所措时，被一位小超市的女营业员看到了，她主动过来问我们，是不是要买什么东西？我们实说了，她就让我们进店去买了需要物品，还说看得出我们是来自大陆的客人，主动和我们攀谈了起来……

在李行导演亲自陪同下，我们在台北、台中等地多个文化景点参观，同行的歌唱家梦鸽常常和宾主一起同唱《朋友之歌》！

这次台湾之旅，从台北到台南，参观、游览、座谈、会亲、友叙……不及细述。这里有两个小细节特别令人回味：其一，在凌峰先生的盛情邀请之下，我和团长高占祥等到他家中小坐。走进门后，我就感到这里的装饰布置不同寻常，显然和主人的性格、追求有关。喏，有间无疑是卧室的房门上，挂着块小牌子，上面三个字很醒目：土匪窝！啊？我一时惊奇难以理解，但没作声，心想这也许是他夫妻俩到了两人世界就任意作为……

在一次欢迎宴会上，代表团团员们和台湾朋友欢聚一堂，频频举杯，喝的是台湾产白酒，酒过三巡，都有些醉意了，何止是兴高采烈？有的可谓口无遮拦。一位年轻的台胞来向我敬酒，喃喃地说："一家亲、一口吞！"他连喝

与凌峰先生

了三个杯底朝天，醉醺醺地递给我一张名片，发誓似地说：“两岸同胞一家人，怎么可以打自家人？”我扫了一眼名片上的字，再看看这位台湾同胞，什么也没说……

在一次有四十多位台湾文化艺术界代表人士参加的两岸文化交流座谈会上，我领受了要作发言准备的关照。两岸文艺家济济一堂，座谈会气氛友好而热烈。我就从我们代表团一路高唱《朋友之歌》说起。我对“朋友”二字的理解更深刻、更具体形象了，这个“朋”字是由两个“月”字并列而成，两个“月”字都一般高低、一样宽窄，笔画也一样长短粗细，这才好看，如果不这样，朋字就会写歪了、写斜了，不像样，也不好看！真正的朋友，是平等的，相互尊重、彼此谦让的。“友”字也挺有意思，房屋里面一个“又”字，是说朋友要常来常往，相互一次又一次经常走动。我这不是在揣摩仓颉先生造“朋友”二字的心思，而是寄托希望，期盼我们都是常来常往的好朋友……

想不到我的发言引来了热烈掌声，有的台湾朋友当场表示赞同，有的马上给我递来小纸条，表示对我的观点大加赞赏。更有一位台湾朋友，第二天一早来到我们下榻的宾馆，等在我住的房间门口，见了我，热切地表示完全赞同我对“朋友”的理解，一定要和我交个朋友……

台湾之旅，给我留下了难忘的记忆，也带回了值得思考的问题！

文　缘

周巍峙、张森为我书房题写“乐耕堂”匾额，时时督促我“乐耕”

周巍峙先生是我久仰的文化界前辈，在北京参加全国文代会时结缘，可谓一见如故。他自称是上海人，青年时曾在上海工作，喜欢用上海话和我交谈，无拘无束。他每次来沪，市里接待他，安排住瑞金宾馆，他却打电话让我接来文艺宾馆，住个普通房间，说是便于和文艺界朋友会面交谈……

常来常往，无话不谈，不知怎么话题转到了年龄，我们其实都不年轻了。他笑容可掬地说：

“周老、周老的喊，越喊越老了呀！”

“那我喊你小周，越喊越小吗？”

“我喊你小李，你心理上肯定喜欢！”

“那好，从今以后你就喊我小李！”

“好，我就喊你小周！”

“谁喊错了，喊一个‘老’字罚款五元！”

我们俩还拍了手，同声说道：“一言为定！”

从此，我们见面都以小周、小李称呼，一直遵照执行，没有一次罚款记录。

有次在上海欢聚，话题自然而然地从读书谈到藏书谈到书房，小周为我的书房名题写了“乐耕堂”三个大字。朱晓华同志将这墨宝制成了匾额，送来我家并为我挂在了书房里，使我天天都能看到。

书法家张森同志富有个性特色，他的为人处世也性格独特，我由衷赞赏。但我于书法艺术实在是外行，对张森的字颇感兴趣，缘由也许就在于这与众不同！看张森字，不用看署名者谁，一眼就能判定真伪，准确无误！我有幸与张森谈得来，外出采风上了车会比肩而坐，开会什么的只要可能也会凑在一起附耳轻声交谈！他说过：“李伦新要我写字，一分钱不要！有的人要我的字，一分钱不能少！”确实，我出书请他题书名，喏，最近的一本《我在上海当区长》，也是他的笔墨，没收一分钱，根本没提钱啊！他为我的“乐耕堂”书房题的字，在王琪森同志的热情指导帮助下，制成了匾额，金光闪闪，挂在我的书房门楣处，夺人眼球。我这“乐耕堂”里的乐耕之夫，感谢小周！感谢张森！感谢王琪森、朱晓华！

我有时扪心自问：我和文化名人交往中，如此受到关爱，实在幸甚之至！我在市文联上班期间，未能更多更好地为文艺家们服务，至今心存愧疚！

如今年过耄耋，可谓时间方面的“富裕老人”。在家也就是在书房里的时间多了，东走走、西看看，打开这排书橱门，翻翻既熟悉又陌生的书，回忆这本书是如何到我这里来的……

我和王蒙都生于1934年，是同年，不同的是，他生于北方，而我则是江南。我和王蒙新中国成立后都是做青年团工作，是同行，不同的是，他在团中央，而我则在地方团区委。我和王蒙都钟情于文学，是同好，不同的是，他写了《青春万岁》那样的长篇力作，而我则发表过《青春的握手》这样的短篇习作。我和王蒙都被错划为右派，都去了边远地区长期劳动，不同的是，他在新疆，我在广西……我和王蒙都改正了、恢复了！不同的是，他又写出了许多精品力作，而我，啊，惭愧！要好好向他学习！

这几本书是王蒙同志亲笔签字赠送给我的，我凝神注目，想到我在《青春的握手》这篇小文章中，记述了我到王蒙家见面的情景：“当我走进这临街的四合院，和迎过来的王蒙同志紧紧握手时，我的心头有一股热潮在涌动，是啊，终于见到他了！这个命运坎坷、才情横溢的作家，在我心目中是不平凡的，今天站在我面前的王蒙，却是这样平常而随和。他的夫人端来一盘蜜梨片，说是刚从新疆带来的，使我顿时想到他俩在新疆度过的漫长岁月……”

此后不久的一天下午，上海文化局的负责人马博敏同志打来电话，说王蒙同志来上海了，由她安排接待，宴请，王蒙同志说，让你也过来一起共进晚餐！

我和王蒙在上海的这第二次握手，是缘分的句号……

补　遗

人生难免会有遗憾，有缘相处的双方都应该尽可能弥补

我们文联设立了一个文化发展基金，已经筹集到了一些钱，也派上了一点用场，例如为柯灵先生创作以上海百年为题材的长篇小说“略表了心意”，为老年文学艺术家出版自己的作品，给予了资金赞助。

值得一提的是，编制在我们文联的老戏剧家姚时晓同志，他从三十年代起就投身于我国的左翼戏剧活动，当时曾创作、导演了一些话剧，在抗战前线或大后方演出时，使许多革命战士和人民群众热血沸腾，影响很好。1942年，他在延安鲁迅艺术学院担任戏剧系教员和党支部书记时，参加了延安文艺座谈会，听了毛泽东《在延安文艺座谈会上的讲话》……就是这样一位毕生从事文艺工作的老同志，现在已年过八旬的老文艺家，却还没有出版过自己的作品集！

当我了解到这个情况，想到文联怎能不帮助他圆这个

出书梦呢？于是，就想办这样的基金，以便从基金中拿出一些资金，为他们出版自己的文集。当我和老人谈及此事，他再三表示感谢，显得非常高兴，激动不已，执意要我为他的作品集《棋局未终》写一篇序言。

我有自知之明，想到我是个对戏剧艺术一窍不通的人，就向他表示实难从命，婉言推辞。但姚时晓老人执意要求，不容推却。我只好恭敬不如从命，就为此书写了个简短的序言。

石凌鹤同志也是一位离休干部。早在“左联”时期，就是著名的剧作家，写过一些戏剧作品，至今却还没有出版过一本著作！石老为此心里总好像有个疙瘩，每每提起就很不高兴，也很不舒服。当我登门拜访石老时，他向我讲述了上述情况，动情地说，自己年事已高，体弱多病，有个心事，就是想把自己写的文章出版一本书。我听了深表理解，但当场没有表示什么，回来后就和有关同志商量，如何帮助老人完成这个心愿，不使他留下终身遗憾！

经文联同志共同努力，也为这位文艺界老前辈出版了一本作品集。

遵照石凌鹤同志的嘱咐，在他辞世时，此书作为追悼会上发给人们的纪念品……

能为这两位文化老人了却心愿、弥补缺憾，我们文联的有关同志也都感到欣慰，只是筹集到的资金太少，没能做成多少实事。

楹　　联

春节家家户户门上贴春联，是久远的民族文化优良传统

丁锡满同志在我心目中是一位执着的文化人！记得还是我在原南市区政府任职的时候，有个星期天，他事先没打招呼，突然来到寒舍，劈头就说："上面要调我到市委宣传部当副部长，你看我是去好还是不去好？"我毫不犹豫地说："不去为好！"他盯着我的脸，那目光显然是问：为什么？

我之所以会如此直截了当地回答他的问题，因为我们之间的如水之交，直觉他是位具有报人兼诗人的气质的人，是难以适应官场环境的。他调任市委宣传部任副部长以后，我曾经去过他的办公室，不及细谈，却可见他忙于应付的紧张……

不久，他又回到了解放日报社，任总编辑，不像有的报社兼任社长、书记。

但他是炎黄文化研究会的常务副会长，工作有声有色，

还办了个刊物《炎黄子孙》呢！

这位不知疲倦的老兄，忽然来到市文联，找到我的办公室，说是要申办楹联学会，并解释说，是学会而不是协会，挂靠在市文联，并要我出任副会长、兼任党支部书记！

天啊，这简直是兄长对小弟的指令，没有商量的余地！“你这不是赶鸭子上架吗？我连什么叫楹联都不懂呀！”

“不懂学呗，哪有生来就懂的！你放心，具体的事不要你做，有我！”

就这样，他把楹联学会搞得有声有色，却没要我花多少精力。

春节前为群众写春联、送春联活动倒是和我商量过的，研究确定要一般提倡与重点落实相结合，在市区选定老西门街道某居委会，郊区选在松江的泖港乡的村，每年春节前夕，都要组织书法家前去，当场泼墨挥毫写大红春联，送上门去为群众贴春联。每年春节前，我都和丁锡满一起，一手持一副春联送上前去，在门上贴好！

这场面，喜气中渗透了传统文化气息！

这场面，但愿能一直保持并传扬久远！

就在写到这里时，我应邀为《百年老西门摄影集》作序，推辞不了，只好前往老西门街道，负责文化宣传工作的董继善同志，带我参观了楹联作品陈列室，四面墙上挂满了装裱整齐的楹联作品，我面对出自丁锡满手笔的作品，驻步沉思，百感交集……

松江区的楹联活动精彩而且经常，我是跟随丁锡满先生去过多次的，在中共松江区委宣传部关心支持下，率先成立了楹联学会松江分会。分会长热情而务实，每年春节前，都要举办写春联、送春联活动，热热闹闹，喜气洋洋！我很想再去一次松江区泖港楹联村，看看那里楹联活动留下了怎样的影响。

市区老城厢老西门街道的楹联活动别有特色，古老的文庙路成了楹联街，墙上的楹联作品常挂常新，别具特色，路人常常驻足欣赏……

坚持了数年的老西门街道楹联活动，每次都在文庙内写春联、送春联，既有名家现场挥毫，也有爱好者进行征联评比奖励，比赛获奖作品还印制成册。这项活动我是应邀参加过多次的，由衷拍手称赞。在老西门街道机关办公大楼内，有一间楹联作品陈列室，四壁挂满了历年评选产生的优秀楹联作品，可见楹联活动硕果累累！足见楹联作品文学艺术水平之不一般！

寿　　星

集寿星、文星于一身的钱谷融先生，令我敬仰，堪称榜样

我早在年轻幼稚时就喜爱文学，记得从长期订阅的《文艺报》上读到钱谷融先生的文章《论文学是人学》，茅塞顿开，喜出望外！记不清读了几遍，而后珍藏起来，常常拿出来再读！当时只知道他是华东师范大学教授，心存敬仰，无缘谋面。

不久，报刊上出现了批判钱谷融先生的文章，我实在说不出是怎样的滋味，因为此时我正受到突如其来的批斗……

要去拜访我神交已久的钱谷融老师，我是既兴奋又有些忐忑不安的。

年近花甲时，奉调到上海市文联工作后，研究室的姚扣根同志来找我，说是想在职读书深造，拜钱谷融先生为师，希望我指导帮助云云。我很自然地就想到了神交已久的钱先生，但当场没说，只表示让我考虑一下。这确实是个值得考虑的问题！不仅有一个工作和读书的关系问题，在时间、精力方面的矛盾如何解

决，还有其他同志如果也仿效、也申请在职读书，怎么办？啊，还有一点，我自己的难言之隐是：本人何尝不想边工作、边读书啊！看来，这辈子难圆读书美梦了，哎！下辈子……

但我还是想办法解决了小姚的事情，先打电话约时间，再按约定的时间前去拜访神交已久的钱谷融先生。想不到先生和蔼可亲，当我向他提出本单位姚扣根同志的请求，要拜他为师，先生显得有些为难，皱着眉头对我说：“我因年纪大了，已不再收学生了啊！”

然而，姚扣根还是成了钱先生的“关门弟子”！而我从此和钱先生一直保持联系，常通电话，隔段时间就聚在一起小酌闲谈。杨扬老师每次总在座，并负责钱先生的接送！

先生给我的一封亲笔信，我视为墨宝，一直珍藏着：

伦新兄：

两得贺卡，弥增欢喜。你为人温厚，与你相处总是那么平和亲切，真有如沐春风之感，新年春节，将接踵而至，谨此致贺，并祝

嫂夫人吉祥

阖第康泰

钱谷融

12 月 28 日

前排：李伦新、钱谷融、毛时安
后排：李元红、李关德、赵丽宏、杨扬、陈卫象

杨益萍同志来对我说，市作家协会将为我整理出版文集，汪澜同志等都热情关心。这一信息使我深为感动、感谢的同时，也有些忐忑不安。回望身后的足迹，从青春年少时就酷爱文学，热情学习写作，虽然经历坎坷，但爱好文学的初衷始终不改，只要有可能，就笔耕不息。盘点下来，出版了十五本书，发表的文章已有三百余万字，辑成了十集。请哪位老师为我的文集写篇序言呢？

我首先想到的是钱谷融老师！

经和杨扬老师商量，他也赞同并表示给予帮助，于是，很顺利地就得到了钱先生为我的文集所写的序言！

我在拜读钱先生为我的文集所写序言时，联想到曾经为我的书写过序言的，还有徐中玉、王安忆、邓伟志、余秋雨、赵丽宏、杨扬、叶辛、丁锡满等前辈和老师，我一直心怀感激！

臧建民同志为我的文集出版付出了辛劳和智慧，不但亲自阅稿编选，还为我联系出版等事项，用了大量精力。唐明生、徐大隆两位好友一直给予我热情支持，为文集的选编出版费心劳神，实在难能可贵。兰伟琴同志为书稿的整理等付出了辛勤劳动，我都深表感谢！

家人对我几乎将全部业余时间花在写作上，极少顾及家务，给予理解和谅解，我也心存感激！

感谢所有关心、支持、指导我写作的老师和朋友！

翻　　译

那天晚上在莫斯科郊外，我们齐声合唱《莫斯科郊外的晚上》

《我们上海文艺界》这部书是我写得最费劲的，显然是因为年逾八旬，力不从心了。在我将初稿发给责任编辑鲍广丽女士后整理书桌时，偶然发现了一封信，是薛范同志写来的，展读时使我顿时陷入了往事的回忆中，耳畔似乎有《莫斯科郊外的晚上》歌声回响，记忆屏幕上映现着鲜明生动的情景：

我和市戏剧家协会杜宣、刘安古、杜未明同志一起，应邀赴莫斯科参加俄罗斯戏剧节，观看了多场戏剧演出，剧院的金碧辉煌，剧目的精彩纷呈，观众的彬彬有礼，都给我留下了难忘印象。其间，我们还在翻译卡佳小姐的陪同下参观游览。这位俄罗斯姑娘讲一口流利的中国话引起我们的赞赏。交谈中她告诉我说，七岁时，她就被派到中国，在北京读中文、学汉语，直到大学毕业。回国后当翻译，专事接待中国宾客。她笑盈盈地说："我喜欢中文，爱读中国文学，喜欢为中国朋友当翻译。"她在休息时间，陪我去了著名的文化街——阿尔巴特大街，我们边走边看边聊天，她还帮我买了一只望远镜呢……

有天傍晚，卡佳陪我们去逛街，边走边看边聊，不知不觉地来到了莫斯科河畔。夕阳西下，蓝天白云，清风徐来，令人心旷神怡，思潮起伏，我情不自禁地轻声唱起了《莫斯科郊外的晚上》。五音不全的我，虽然唱得跑腔走调，但却情真意切，唱着唱着，我发现有轻柔的和声，原来是卡佳也在用俄语唱，我们形成了男女声二重唱，越唱越合拍和谐，她先后用俄语、汉语和我唱了一遍又一遍，别有情趣！

歌声使我想到这歌曲《莫斯科郊外的晚上》的中文翻译薛范同志！

那是我到市文联工作以后不久，上级转来了一封人民来信，信中反映家住南市区中山南一路的残疾青年薛范，身残却志存高远，历经困难重重而自学成才，希望得到关心和帮助。

我捧读这封来信顿时深感惭愧。想到自己在南市区工作多年，还曾兼任过区残疾人联合会名誉会长职务，声言自己别的社会职务都不担任，只想为区里的残疾人事业尽点力！可是，这位住在南市区身残志坚的薛范同志，我却一无所知，更谈不上尽职了，能不深感惭愧？接信后，我和有关同志即时来到南市区中山南一路的一条弄堂里，走进了薛范同志的家，只见他正坐在床上看书。见稀客来到，他清瘦的脸上呈现出不解的疑惑：

“请问你们找谁？”

“我们找薛范，你……”

“我就是，你们请坐！”

薛范坐到轮椅上和我们交谈，他全靠自学，报考上海俄语专科学校，高分录取，报到时却因下肢瘫痪而被拒之门外。他奋发图强，刻苦自学俄、英、法、意等多种语言文字，翻译歌曲。1957 年 7 月，他从《苏维埃文化报》上看到《莫斯科郊外的晚上》的歌词，被其中的深邃意境和优美旋律打动，即刻着手翻译，忙碌了几个小时，还有几句译文不满意，就晚上坐着轮椅去小剧场，观摩歌剧。散场后，他摇着轮椅回家，行进在静悄悄的长乐路上。不知从哪幢楼的窗口，飘出叮叮咚咚的钢琴声，是肖邦的《夜曲》，令人有一种神秘而甜美的意蕴，他脑海中“看见”了一位美少女在深情地演奏，薛范久久坐在轮椅上出神，聆听少女和肖邦对话，任自己的思绪在缥缈的幻境里遨游……

回到家已午夜一点，薛范拿起《莫斯科郊外的晚上》

的未完成稿，灵感如潮，很快把这歌曲译成中文并誊清。

和我同去的同志，也被薛范的精神感动，啧啧称赞他奋发图强的精神。

我们文联做了该做的事情，和有关部门多次洽商，落实了他的医疗等生活方面的基本保障。不久，我就收到了薛范写来的下面这封信：

李伦新先生

您好

前一阵子，从报刊上得悉为您的作品举行了研讨会，我也读到了好多篇评介文章（比如王安忆），您的辛勤耕耘，结出了累累硕果。

去年一年，我一切尚可，生活和医疗有了基本保障，我就无后顾之忧，安心著译。这全仗您的帮助和关心，我一直心存感恩之情。

在新世纪新春到来之际，我衷心地祝愿您健康、愉快！好人定有好报！

再一次深深感谢！

薛　范

01.1.20

此后，薛范给我们不断传来令人高兴的消息，他翻译世界各国歌曲千余首，出版论文集三十余种，成为歌曲翻译家，为中国音乐家协会、上海翻译家协会会员等。我曾有幸应邀参加他翻译歌曲的专场演出，谢幕时，还应邀上台，和他紧紧握手表示祝贺，此情此景，至今还历历如在目前！

我床头边的收音机，一直置于上海电台的音乐频率，早晚必听，时常能听到薛范的声音："音乐是世界语言。音乐无国界。"熟悉而亲切……

连　　播

长篇小说《非常爱情》出版后不久再版，又在电台连播，我表示感谢

我写长篇小说《非常爱情》，用了近五年时间，可以说这是用心血拌着眼泪写成的一部书，常常写着写着，就情不自禁地泪流满面！

上海文艺出版社的资深编辑修晓林同志，是这本书的第一读者，也是首先给予充分肯定的人。我记得他拿去书稿后，很快就打来电话，动情地讲了自己的读后感，说他一口气读完，深受感动。没想到他的父亲也是一个被错划的右派分子！这是很久以后才知道的。

《非常爱情》2005年6月第一版，印五千三百册，很快售罄，2006年1月第二次印刷达八千四百册。

印象最深的是，那天在文艺宾馆由市文联和市作家协会为这部书举行了研讨会。我是向医生请假来参加的，因

张培在电台播读《非常爱情》

为在本书交稿后我就住进了医院。会议结束我正在回家的路上时，接到了医生电话，他告诉我说：化验结果来了，确诊你患了癌症……

不应该说写作与患病有必然的因果关系，但这期间确实全身心地投入写作，常常写着写着就泪流满面……我写得很累，面黄饥瘦，神倦乏困，却是不争的事实，掉了好几斤肉……当然，甘苦自知也是自愿，而且是心甘情愿！

此后不久，上海电台文艺部的王琪森同志前来，和我商谈拟将长篇小说《非常爱情》在电台进行连播。我无疑表示完全赞同。

张培是位著名的播音员。当我收听到她在电台播读《非常爱情》的故事情节时，感觉何止声情并茂？语音中含有磁性似的，有种吸引力，而且对不同人物有不同处置！这于我作为原创者是能体会到的。

何止是感到熟悉和亲切？更有感动和感谢！感谢电台和王琪森、张培等各有关同志将《非常爱情》让更多人知道！记得在这期间，有次我乘出租车，一上车就听到张培在播讲杨岚来到劳改农场的情节……下车前，我和驾驶员聊了几句，他告诉我，他认识的几个开出租车的朋友都在听，凑在一起时就议论，我们对这些事情都熟悉的呀，应该让年轻人也知道……

在虹桥路上的上海人民广播电台，我还从未走进去过，路过侧面望一眼，总有几分神秘感，但和几位在电台工作的同志却是熟悉的。这次应邀去电台和连播《非常爱情》的有关同志一起开会，受到葛明铭、张培、王琪森等同志的热情接待，在亲切友好的气氛中商定了有关事项，还让我到播音室去体验了一番……

这期间，我几乎每天一到这个节目播音时，就提前打开收音机。频率一直固定在张培的播音上。有时因事或因会议未能按时收听，就免不了有种遗憾……好在电台的同志已经表示：一定会将张培口播的《非常爱情》全部录音制作后送给我，随时可以播放欣赏！

的确，此后我时不时就会播放这一录音，听来别有情趣……

在我年轻单纯时学写的小说《闹钟回家》发表后，经历了曲折坎坷的人生路程，其中《梳头娘姨传奇》在《解放日报》连载，《非常爱情》在上海电台连播，显然是我颇为欣慰的两件事情。

写　　序

出版新书大都有个序言，自撰或请人写，都对书作介绍和评论

我说不清道不明的一个问题是：自己怎么会从爱看小说到学写小说的？只记得在当学徒时，从为数极少的“月规钱”中节省点下来，在地摊上买来破旧了的小说《骆驼祥子》等书，读得入迷，从此和小说结了缘，难舍难分……

新中国成立了，进职工业余夜校学文化，识的字还装不满一箩筐，就不知天高地厚地给报纸写信，居然登了出来，名字第一次铅印在报纸上的感觉很难忘，从此学习文化、练习写作的劲道越来越大！尽管经历挫折，但爱读书和喜欢写作成了“瘾”！且很难戒掉！

重新在报刊发表作品以后，有并不认识的一位热心人前来对我说，要为我编辑出版一本散文随笔集，而且已经确定了篇目，书名则要让我自己定，序言自撰或请他人撰

写，也听取本人意见。过程从略，这本定名为《爱的咏叹》的小书，是我出版的第一本书，请当时在《解放日报》编副刊的丁锡满同志写的序言。记得带着油墨香味的新书送到我的办公室时，却发现书上将丁锡满的笔名萧丁，错印成了“萧厂”，令人哭笑不得！木已成舟，只好认了，从而知道了一句行话，叫“无错不成书”！

至今我已陆续出版了十五本小书，先后请徐中玉、阿章、余秋雨、王安忆、赵丽宏、叶辛、杨扬、李友梅等老师为我的小书分别写了序言，他们对我的指导和帮助，我是由衷感激，永记不忘的！在这过程中，我体会到：请人写序言的这个“请”字，含义深、分量重，不能轻易说出口！慎重、尊重、重视，自始至终都要认真对待，力争皆大欢喜！

如今出版文集，请钱谷融先生作序，是我的万幸！

从请人为自己出书写序，到应约为他人的作品写序言，这是我人生历程中角色变化的小插曲。应邀为人写序言是调到市文联工作以后才有的事情。

开始时，有认识的文学爱好者前来，要我为他出版的新书写序，我直感实在有些为难，但真情难却，只好勉为其难。写序的实践使我认识到，序言要写得恰如其分、恰到好处，实属不易！所以，我自己在出书时，请人写序时暗自叮嘱自己：不可强人所难！

市文联是为文艺家、文艺事业服务的，人家郑重其事地前来请你为之写序，情面难却。在婉言推辞不成的情况下，只好勉为其难。为文朋书友出版新书写了一些序言，深感写序言是件很难的事情，难在必须对这本书的内容和作者本人的情况，有较全面的了解，在此基础上，形成对本书的基本评价和应把握的分寸。为此，至少要通读一遍书稿，并形成自己的初步理解和基本看法。写序言过分奉承不妥，不充分肯定也不行。太长了不好，过短也不行，蛮难写的。

我写得最长也最难的一篇序言，是“海派文化丛书”的总序。这是从工作岗位上退下来以后，受聘担任上海大学海派文化研究中心主任，每年举行一届学术研讨会，出版一本论文集，照例都由我写个序言，这序言倒省力，都是我对研讨会上的总结（或曰闭幕词）稍作修改，一稿两用。近日，我已卸去海派文化研究中心主任一职，由更适合的同志接任了。

我们申办中国2010年上海世界博览会成功以后，世界人民的目光聚焦上海，时间老人的脚步声催促着上海人民紧张地做筹备工作。作为时任上海大学海派文化中心主任的我，为了配合办好这次上海世博会，向世界人民介绍上海这座中国沿海城市，我和海派文化研究中心的同志都感到，有责任编辑出版一套“海派文化丛书”，以便向世界友

在电视台讲海派文化

人全面介绍上海！

我和我的同事们，齐心协力地投入了丛书的写作和出版工作。

丛书的总序，似乎理所当然地要由主编撰写。为此，我尽心竭力，查资料，拟提纲，写初稿，听意见，多次补充、修改，及时印在了书上。这是我写得最长也是最费力的一篇序言。丛书共三十三本，每本的印数都在三千册以上，大都很快就加印，印量之大、反响之强烈，是不言而喻的。不久，又出版精选本，还是我的序言。

附　录　一

我在文联工作期间，和文艺界同志在一起，有时被他们的事迹所感动，有感而发地写成点拙文发表，有时则应报刊的同志约稿，也写过几篇有关上海文艺界人士的文章，这既是应做的工作，也是学习的机会。这里选择了几篇附后，以资纪念。

一、亮　丽　人　生

——怀念沈柔坚先生

人生的起点是大同小异的，而终点却千差万别。沈柔坚先生走过了铿锵而亮丽的人生道路，从容地挥毫画上了精彩的最后一笔，为自己的人生之旅，写下了一个完美的句号。

1998 年 7 月 10 日，是个黑色星期五。像往常一样，这天早上，沈柔坚先生离开家时，对送至电梯口的夫人王慕兰说了句："我争取回家吃午饭。"就向夫人摆摆手，高高兴兴地走了。哪里想到，这一走，竟成了相伴四十五年的恩爱夫妻的最后诀别！

年近耄耋的沈柔坚，那天是冒着三十七摄氏度高温，去参加为庆贺文汇新民报业集团成立而举行的笔会。他神清气爽，热情洋溢，以饱蘸激情的画笔，泼墨挥毫，画好了一幅在新鲜荔枝旁边缀有两只金灿灿芒果的国画。稍事休息时，他吃了几颗荔枝后，又在和朋友们合作的画幅上，画了凌霄花。大家正齐声赞叹他的画笔势飘逸……意外发生了：他在搁下画笔走向座位时，突然昏倒在画桌旁边的地上，不省人事！当即送往医院，抢救无效，不幸与世长辞！这幅《荔枝芒果》图，成了先生留世的绝笔！

沈柔坚时任上海市文联副主席、上海美术家协会主席。我原在南市区工作，于1993年初，奉调到上海市文联任党组书记、继而当选为常务副主席，他也是市文联副主席，是我到任后先期登门拜访的艺术家之一。

记得来到华山路上富有西班牙建筑风格的枕流公寓，在这沪上多位文化名人如范瑞娟、傅全香等居住的大楼里，我很熟悉地轻轻叩开了沈柔坚先生家的门，扑面而来的是浓郁的书香气息：这里四壁都挂着画，到处皆放着书，沈柔坚先生迎上前来和我热情握手，使我顿时减少了因初次晤面而难免有的拘谨。两人就随意地交谈起来，谈文联的工作，谈美协的事情，很自然地话题就转到上海的文艺创作和文艺批评方面……

沈先生给我的最初印象：这是一位有深厚文化底蕴的文化人！是一位有革命理论和经验的美术界领导人，令我敬仰。

从此，我和沈柔坚先生有了如水之交，时常在一起开会学习讨论工作，有时共同出席文艺界或美术界的活动，交往其实不算多也不够深，可谓细水长流，平平淡淡，却是以礼相见、以诚相待的同志和朋友！沈柔坚先生的猝然离世，噩耗突然传来，我简直不能相信这是真的！我连声自语，怎么这么突然就走了呢？回答我的，却是无法挽回的事实！

面对安详地仿佛在小憩的沈柔坚先生的遗容，我深感悲哀和惋惜，为中国画坛失去了一位富有个人风格而又成就卓越的画家，为上海文艺界失去了一位备受尊敬的领导人，我和我的同事都一时无法接受这突如其来的不幸！

然而，在劝慰沈夫人王慕兰同志节哀时，我有一种难以言喻的心情：沈柔坚先生工作到生命的最后一刻，倒在画桌旁边，为自己一生钟爱的绘画事业，献出了毕生精力、全部心血，他的人生是铿锵亮丽的，生命的长度特别是生命的质量，是令人仰慕的，生命的最后时刻，没有遭受病痛的折磨，而是画上了精彩的一笔，这正是他的福气……

是的，在沈柔坚先生漫长而曲折的人生道路上，留下了深深浅浅的足迹，洒下一串串汗珠，成为一个个闪光点，是他生命亮丽的记录，不可磨灭！

循着这一个个闪光点，追忆沈柔坚先生的人生道路，值得我们从中汲取宝贵的精神力量，特别对后人是极为有益的经验……

是祖国富饶的水土养育了沈柔坚，浓郁的闽南文化风情滋润了他童年的心田，使这位1919年10月生于有书画之乡美誉的漳州诏安县的大地之子，从小就受到纯朴的乡风民俗的熏陶，还得益于师友们的影响和开导，使他在人生初始阶段就接受启蒙教育，打下了良好的文化艺术基础。

个人的生活道路是受祖国的命运左右的。日寇的铁蹄践踏着祖国大地，骨肉同胞的怒吼震撼着人心。正在福建省龙溪师范学校就读的沈柔坚，在1938年春天，带艺从戎，参加了新四军。翌年，在皖南任新四军战地服务团美术组组长，创作布画《为了正义》，赠送国际红十字会。集体创作木刻组画《新四军军歌》。这是青春焕发的沈柔坚，在人生道路上迈步前进，最初留下的闪光点。

此后，他随军辗转，进盐城，驻阜宁，开赴山东，先后任抗日军政大学文化科长、《新知识》杂志编委等职；他一直以画笔为武器，创作了《铜墙铁壁》《法西斯末日》等富有战斗性的版画、木刻作品……

历史的转折点，也成了沈柔坚先生人生道路的转折点。1949 年 5 月，他随解放大军进入上海，在市军管会文艺处从事文艺工作。进城后他创作的年画《劳动英雄得奖归来》，刊于英文版《上海新闻》；而稍后以笔名“柔坚”发表在上海《大公报》的一系列漫画，有的曾被苏联的《鳄鱼》杂志转载，可谓上海解放后，海派文化园地里绽放的一朵朵鲜花……

早年参加新四军投身革命的沈柔坚，曾经有过不少头衔，如中国版画家协会副主席、上海美术家协会主席、上海市文联副主席等，但他却毫无官气，更无官瘾，也没有某些文化圈内人士的不良习气，是一位有儒雅风度的文化人，毕生致力于绘画事业的艺术家。正如他的夫人王慕兰所说，他是“为画而生，为画而死，与画生死与共，他始终紧握手中的笔，直至生命的终结”。

沈柔坚为画而虚心求教，博采众长。他非常喜欢齐白石先生的画，特别欣赏白石老人“衰年变法”、不断创新的精神。沈柔坚先生笔下的花鸟虫鱼，生姿雄健，情趣盎然。有一次，他指着齐白石画的一幅《虾》对妻子王慕兰说：“你看虾体多么透明，好像活虾在水中游弋。”

他心目中的刘海粟，是一位真正的艺术大师。在 1988 年举办的“刘海粟十上黄山画展”，沈柔坚观看后赞叹不已，说这些作品是借黄山气势磅礴、雄浑有力之神，以火辣的色块和狂飙般的线条、节奏，既使油画极具中国特色，又体现画家狂放不羁的个性。

他和林风眠先生过往甚密，常去林府访谈，在自己卧室墙上挂的一幅画，就是林风眠赠予的，画面两侧，是浓淡相宜的绿叶，中间树枝上，两只小鸟似在喃喃私语。他常说：林风眠的一幅画，就是一首抒情诗，而且富有东方美的神韵。

沈柔坚先生遽然谢世后，遗孀王慕兰为实现丈夫的遗愿，征得子女赞同，先后向上海图书馆、福建漳州捐献了一批又一批绘画作品和艺术图书。特别感人的是，她将沈柔坚生前收藏的名人书画以及他的作品拍卖后，设立了“沈柔坚艺术基金”，以奖掖后辈，培养青年美术人才……

“柔如垂柳坚如竹，柳伴桃花竹伴梅。君到长安春似海，卖花声里燕初来。”说起老舍先生的这首赠诗，不但缘于沈柔坚先生非常爱读老舍的小说，还由此给他和王慕兰的相恋相爱，起了催化作用。当他知道她是个“老舍迷”后，就跑到常熟路口的一家小书店，淘了十多本老舍的著作，送去给她，由此两人从交谈读书感想，打开了话匣子。他说，他觉得老舍写的祥子这个典型人物的人生历程，深刻阐明了凭个人奋斗绝不可能改变个人命运；她说她喜欢书中道地的北京方言，口语化的叙述和幽默讽刺的特色……

这对共同喜欢老舍作品的有情人，终成眷属。

相爱相伴的夫妻也相知。她发现他喜欢老舍简约朴实的风格，细心到能说出一部十四万字的《骆驼祥子》只用了两千多个常用字，联系到绘画语言，笔墨也应如此简洁。因而他的创作运用对比、重叠等多种手法，显示色彩的层次和深度，达到“以一当十”的艺术效果。他多么想拜访老舍先生，当面聆听教诲。

机会终于来了。1963 年他赴京开会期间，专程前往拜访老舍先生和夫人胡絜青，受到亲切接待。他恳求墨宝，老舍先生欣然应允，当即泼墨挥毫，赠予如上所录的这首七言诗。

沈柔坚如获至宝，带回上海，一到家就向妻子献宝；她不禁拍案叫绝，特别是诗中巧妙地嵌入了柔坚的名字，并以柳与竹为喻，点明了他的品格，再以灿烂的桃花与傲霜的梅花相映衬，展现了一派春光时的美好景色，令她陶醉，爱不释手。他高兴地将这幅墨宝挂在家里客厅的墙上，见字如见人，以铭记老舍先生的勉励。

……沈柔坚先生羽化后，安葬在上海西郊的“福寿园”。“柔如垂柳坚如竹，柳伴桃花竹伴梅。君到长安春似海，卖花声里燕初来”这诗句，镌刻在他的墓碑上，作为墓诗，永远伴随着安息在这里的沈柔坚先生。

己丑年清明节到来之前，我来到有“生命的后花园”之称的福寿园，在沈柔坚先生墓前静静地肃立良久，思绪绵延，往事历历在目。面对先生神态自若的塑像，默读墓志铭，鞠躬致意，意在为他唱一曲生命之歌……

我想到，传统的清明节，可以成为生命节，唤起人们理解生命，热爱生命，敬畏生命，善待自己的生命，也尊重他人生命！

1998 年 8 月 15 日

二、思想者永生

——纪念王元化先生

王元化先生驾鹤仙逝以来，我对先生的思念，并没有随着时间的消逝而淡忘。先生的音容笑貌常常清晰地映现我的脑际，先生给我的关爱和教诲历历如在目前，先生思想凝结成的著作，我还要继续拜读，思想者王元化先生，将永远和我们在一起！

我早就知道先生的大名，只是心怀敬仰，并没有想过能有缘见面以便向先生请教。1993 年初，我奉调到上海市文联任职，在初步了解了这个单位的性质特点和目前的基本情况以后，我想自己要当一段时间上海文艺界的服务员了，就决定首先登门拜访巴金、柯灵、王元化等老同志听取意见。王元化先生给我的第一印象，是长者，是学者，和蔼可亲，平易近人。他从案头站起身来接待来访者时，

和王元化先生

手里还拿着一支钢笔呢。

文联要热诚地为文艺家服务，不能只限于开开会、提提要求，而要办实事、求实效，帮助文艺家解决实际困难，文艺家才会觉得文联是自己的家。元化先生的这些宝贵意见，使我这个转岗到新单位的人豁然开朗。当我和我的同事经过努力筹集，成立了初具规模的文艺创作基金，开始为包括元化先生在内的正在创作长篇巨著的文艺家提供服务，送上微不足道的资金援助时，元化先生肯定了我们的努力和做法，却婉言谢绝，坚决要求我们去资助别的更需要的同志！这使我对元化先生的了解和敬佩又增加了一分。从此，元化先生成为我心目中的前辈和师长，在可能的情况下，我要求自己多多前去拜望和请教。

在我多年积累形成的印象中，元化先生的寓所，总是洋溢着浓浓的学术文化气氛，这里不仅壁挂名人字画，橱柜放着名家名作，书香四溢；而且常常是高朋满座，高谈阔论，就某个问题热烈而又理性地各抒己见，随意而又自由地相互讨论。记得有一次我应约前往，元化先生还在内室接待来访者，他让我稍坐。正在这时，又有叩门声响，门开处，只见一位高鼻梁蓝眼睛的男子，用不算流利的中国话，自称是王元化先生的学生，名叫高大伟，在去法国前，特来拜访王先生……

当然，我有时也参与这样的讨论甚至争论，有时则和先生个别促膝交谈，每每都有所得，历史的或现实的，哲学的或文学的，使我这个没有上过高校的人受益匪浅。我得益于元化先生的何止这些？先生一有新著出版，总是亲笔题签“伦新同志惠正”赠我，更令我感慨万千的是，那次我刚走进庆余别墅寓所，先生就将事先准备好的一幅亲笔题字赠我。我双手接过，展开拜读，写的是：

“不降志　不辱身　不追赶时髦　也不回避危险　录胡适语　书赠伦新先生”

我读着读着，不禁凝神沉思，联想到元化先生曾经说过：“我是一个用笔工作的人，我最向往的就是尽一个中国知识分子的责任。留下一点不媚时、不曲学阿世而对人有益的东西。我也愿意在任何环境下，都能够做到不降志、不辱身、不追赶时髦，也不回避风险。”使我顿时领悟到，这是先生的一片深情厚谊，是先生对我的教导和要求，我当时的心情不是用“感谢”二字所能表达的，我要在今后的为人处事中，去努力实践！

萧丁同志在悼念王元化先生的文章中写道：“在我的印象中，元化先生的晚年，除了做学问，就是关心人。他对于亲近的人，有一种特别慈爱的感情。几个月不见，便叨之念之。我每次去看他，他总是问：‘小龚（龚心瀚）

回来了吧？’‘（陈）念云还好吗？’‘（李）伦新见到过吗？’想起这些人，总是深深的关注，暖暖的情怀。”是的，这也是我的切身感受，先生总是关心地问我写作和身体的情况，还告诉我应该注意的事项。当我前去请他担任“海派文化丛书”编委会顾问时，先生欣然同意，还对我热情指导。那天我和萧丁同志到瑞金医院看望时，先生的病情已经相当沉重，看来病势已难以逆转，但先生的神情还是那样安详，思路还是那样清晰，不时睁开那对智者的眼睛看我们一下，说句话后又闭目养神。没想到这次探望，竟然是永别！

思想者王元化先生，永生！

2008 年 6 月

三、黔风诗韵

——为侗族画家杨长槐办展

侗族画家杨长槐的山水画，笔墨酣畅淋漓，图像灵动沉雄，具有既旖旎又神奇的美的震撼力。他的《一江春水来》，追求的是抚今追昔、涵盖深厚的气势，而《云天苗寨》则通过整体气势的描绘，运用象征性、喻义性手法，唤起人们对苗家建筑那种如蟠龙屈虬、蜿蜒直上云天的联想，在烟云的隐显中，似有一种力量在弥漫，从而揭示了苗族人民营造家宅的智慧和才能。

杨长槐同志的山水画，在北京中国美术馆展出时，受到广泛好评。王朝闻先生称赞他的山水画是："纸上之激流或飞瀑，无声胜有声……这一可喜成就，基于长槐熟谙黔山黔水之独特个性。"专家指出，杨长槐"画山求其动，画水则求活，水流似有声……"他将中国传统的审美情趣和现代观念、时代精神相契合，在作品中体现了民族性和独特个性的结合，在艺术探索和创新中，取得了可喜的成就。

"杨长槐山水画展"将于9月14日在上海图书馆举行。这是由中国美术家协会、贵州省文联和上海市文联共同推出的一位少数民族画家的个人作品展览，极具黔山神韵和黔水诗情，富有侗族画家挥洒自如和简洁明快的风格，我有幸预先欣赏了其中的大部分画作，情不自禁地连声赞叹。

我是在调到上海市文联工作以后，在北京开会时，和杨长槐同志相识的。

他作为贵州省文联主席，曾经多次来上海交流工作、参观访问。在相聚交谈中，我对这位少数民族艺术家的敬仰和尊崇与日俱增，并留心向他学习。在长期交往中，我感到这位来自山寨的侗族画家，特别痴情于乡土，钟爱父老乡亲，一直坚持深入生活。即使在他肩负全国人大常委会委员要职，经常在北京开会或外出视察时，他也重视经常到生活中吸取艺术创作营养，写生，拍照，还写下了大量深入生活的笔记。

我和杨长槐是如水之交的文友，曾经于去年国庆节期间，一起感受贵州的山水风景和民族风情。我怀着求知的渴望，跟着他探访苗寨侗乡，攀登乌江天险，荡舟地下龙宫，观赏黄果树瀑布，探讨天星桥悬崖树……我感受到杨长槐对生活满腔热情，观察细致入微，善于捕捉和提炼，以摄影和写生的方法，帮助自己记忆并消化吸收，厚积薄发地进行创作。这次相伴同行，使我向杨长槐学习到了许多宝贵的精神和经验，特别是他对绘画艺术的执着追求，观察、认识、提炼生活的全身心投入，感悟事物本质、品格、个性的敏锐洞察力，表现事物意境、神韵、内涵的艺术创造力，都令我敬佩。

我由衷地预祝杨长槐山水画首次在沪展览圆满成功，企盼着他的绘画艺术创作不断取得新的突破，更加富有独特的黔风诗韵。

2004 年 9 月

四、海派作家的风范

——怀念柯灵先生

我是从读柯灵先生的文章，进而拜识这位老作家的。1993 年初，奉调上海市文联工作伊始，就清晰地意识到为文艺家服务必须真心实意，于是就登门拜访听取意见和希望，逐渐和文艺家交朋友，建立感情。在联系过程中，尽可能地做好服务工作。柯灵先生就是我们最早拜访的一位老作家。

当我和我的同事来到复兴西路上的柯灵先生家，只见门上挂着一个小纸牌，上面写着“下午四时以前，恕不接待”的字样。年近八旬的老作家，惜时如金、勤于创作的精神，令人感动！我们正犹豫间，柯灵先生的夫人陈老师来开门了，她笑着说：“你们是预先约好的，请进！”

慈眉善目的柯灵先生起身迎客。他虽然白发苍苍，但却神清气爽，思维敏捷，谈锋甚健，对当前的文学创作提出了独到的见解，希望文联要为繁荣创作多做实事。著作等身、声誉远扬的老作家的朴实、谦和而又平易近人，给我们留下了难忘印象。

当得知老人在潜心创作反映上海百年变迁的长篇小说时，我们就主动上门征询意见，问他需要文联提供些什么服务。想不到老人连声谢谢，却说除了时间，没有什么困难。其实，如此高龄的老作家，要写这样的宏篇巨著，多么需要帮助啊！于是，经研究决定，文联从正在筹集的创作基金中，为老人提供一些资料费，以便他可以请个助手，做些查阅、收集资料之类的事。想不到先生又是连声谢谢，却说不要、不要！勉强接受了几次资料费，又被他婉言谢绝了。

我们了解到，柯灵先生因为创作需要，想到南市老城厢去实地走走、看看，以利于追忆当年生活的情景。根据老人的意愿，我们作了充分准备，陪同柯灵先生及其夫人，到老城厢走走。在南市区规划局余正秋同志的引领和讲解之下，参观了上海最早的老式石库门房屋，访问了上海第一座天主教堂，登上了见证上海历史的大境阁、古城墙，还和那里的居民以及有关人士交谈……而后来到老城隍庙，品茗歇息，畅谈观感。老人似乎在追寻自己的生活轨迹，印证对记忆的理解和创作的构思，他显得兴趣盎然，精神矍铄，心情就像当天风和日丽的天气一样，明亮、开朗。

我们文联的同志，逐步增强了服务观念，为柯灵先生解决了一些生活中的难题。当柯灵先生家里的抽水马桶坏了，几次都没有真正修好，文联的同志在家访时了解到这一情况，即时带来修理工修理好，解决了后顾之忧。柯灵先生酷爱读书，家里书香飘逸，夫人真是贤内助，在整理书籍时，想到添置书橱，但却没有适当的书橱可以买到，文联的同志得悉后，就让木工同志上门去量了尺寸定做，帮助解决了这个问题……

柯灵先生创作的反映上海百年风云的长篇小说的第一章《十里洋场》，在《收获》杂志上发表，在国内外文坛都引起了强烈反响。我们文联的同志前往祝贺，老人紧紧握着我的手，笑呵呵地连声说："谢谢文联！谢谢文联！"他说，那次到老城厢旧地重游，使他记忆犹新，有助于创作，并说，有机会还要再去那里走走、看看……

想不到柯灵先生带着他的心愿，住进了华东医院。我得知后就去看望他，老人依然想着他的创作计划，难免有力不从心的抱憾。

我最后一次看望柯灵先生，见他在病魔肆虐下痛不欲生，我忍不住流泪。只过了四个多小时，病魔就无情地夺走了他的生命。先生带着他未竟的创作计划远行去了，但他的人品，他的精神，他的作品，都留给了后人，他将永远活在我们的心中！他的心愿，他来不及完成的创作计划，也落在了我们后人的肩上！

怀念柯灵先生。激励我们更加奋发向前！

2004 年 12 月

五、爱"瞎塌塌"的国画大师

——送朱屺老

国画大师朱屺瞻先生走了，走得那样从容，那样平静，仿佛是去作一次计划中的旅行。临行前，您安详地和夫人握手，和身边的亲人握手，还同护士握了手，招手示意，把主治医生请过来，握着医生的手说道："谢谢你！"这就是您“上路”前的临别留言吗？

朱屺老，您走好，您慢走。我作为您的崇敬者，被您视为朋友，是我的荣幸。我为您送行。安息吧！走过了一百零五个年头漫长人生之路的朱屺老，带着人们对您的敬意和慰问，安息吧！

记得在不久前的一天中午，我到华东医院病房里看望朱屺老。您躺在床上，慈祥的脸上露出微笑，伸出手来紧紧和我的手握在一起，久久地握着不放。我问您睡得好吗？吃得下吗？您在回答时，显然是为了让别人放心而连连点头。当我问道：“您认识我是谁吗？”只见您眼睛一亮，掠过一丝会心的笑容，爽快地说：“怎么不认识？老朋友了！”您把我的手握得更紧了，当时，我感觉到您的生命的力度，以为您不会就走的。想不到这次握手，却成了我们之间的永别。

是的，您是我结识和交往最早、最久的艺术家之一，因为您我之间仿佛有种缘分，有种情结。

当我在您的遗像前鞠躬、默哀时，我突然醒悟到，那是由于您一直都讲自己是“城里人”，在南市老城厢内，淘沙场果育堂街，有您的一块土地：“约亩许，去瓦砾，刈荆莽，建屋其上，中辟画室两间，一为油画室，一为国画室也，复植梅树数十株，环匝左右，仍以‘梅花草堂’称之。”

我长期在南市老城厢工作，早在调来市文联之前，我就多次登门拜访过朱屺老，交谈起来，总是那样亲切而又融洽。当谈到被称作“沪城八景”之一的大境阁时，您就说，那是著名画家虚谷曾经住持过的地方，吴昌硕等许多名家都在那里品茗、挥毫泼墨、尽兴畅谈。对修复古城墙大境阁，您高兴地说：“这是件好事，我要去看看！”在朱屺老生日时，我没有送蛋糕之类，而是带去了用梅树根培植的、枝叶繁茂的盆景，您十分欢喜，当即和我谈起了“梅经”……

我把这次谈话的内容，写成了短文《梅喜》，发表在《新民晚报》上，连同我为祝贺您百岁加入共产党所写的文章一起，都成了珍贵的历史记录。

朱屺老的音容笑貌，清晰生动地如在目前。

朱屺老，您永远活在我的心中！

1996 年 4 月 25 日

附 录 二

心花美如画

迎着和煦的春风，我走进了中山公园，不经意间发现牡丹们正泛绿抽芽，唯见一株已有三朵盛开的白牡丹花正尽情绽放，笑脸相迎。我的喜悦之情油然而生，伫步凝望了许久，陶醉在美的享受之中，自然又想到了女画家陈玉兰和她笔下的牡丹花！

记得那是个春阳和煦的上午，我应约来到陈玉兰女士的家中，登楼进门就突然眼前一亮，那几盆正盛开中的牡丹花一字排列，在从窗口斜射进来的阳光照耀下，显得特别鲜艳亮丽，令我不禁啧啧称羡！

我在欣赏这一盆盆正盛开的牡丹花，和墙上挂的一幅幅似乎与鲜花比美的国画时，想到陈玉兰这位土生土长的上海姑娘，就读于上海财经学院，毕业后任复旦大学教授，主编过《上海词典》，专著有《企业文化学》等，怎么会在退休以后对国画特别爱好？又怎么会对牡丹花如此情迷心醉？她画的牡丹何以会广受好评、屡屡获奖呢？

花间一壶茶，交谈两随意。我向陈玉兰提出了自己的问题，她笑盈盈地告诉我说："其实，我从小就喜欢绘画，考入松江师范以后，我选择的是美术专业，向往以后当美术教师。高考却进了上海财经大学，此后一路走来，只能将绘画作为业余爱好，寄希望于退休以后能如愿以偿！"

"这么多盆盛开的牡丹花，你是……"我话音未落，快人快语的陈玉兰就笑嘻嘻地说开了："有的是刚从洛阳运过来的，有的是我自己在家里培育的。我天天都生活在牡丹之中。"她侃侃而谈，说自己从小就喜欢鲜花，对牡丹花则情有独钟，多次去牡丹之都洛阳观摩、写生，并带回自己家里观赏，精心培植，随时临摹。功夫不负有心人。她专心致志地用画幅来和蒋大为比赛，她用画笔"唱"自己的牡丹之歌，以不同艺术形式赞美牡丹！我留意看陈玉兰的衣着、她的举止神情，简直就是一朵喜形于色的牡丹花！

我来到陈玉兰的画室，仿佛走进了牡丹花园，墙上挂的都是她画的牡丹，地上晾的也是墨迹未干的新作牡丹，桌上摊开的也是正在画着的牡丹，我仿佛置身于牡丹园中，可谓处处皆牡丹，似乎空气也馨香宜人！我置身于牡丹丛中静静欣赏之时，忽然眼前一亮，发现了一株特别鲜红艳丽的“牡丹”，呵，陈玉兰穿的衣服如此鲜艳夺目，显得雍容华贵，她在与花比美？她有一颗酷爱牡丹花之心？她抑或就是一株盛开的牡丹？尽情绽放又蕴含深邃。她的画既浓墨重彩又适当留白，整体布局显得疏密有致，给人以震撼心灵的美感！正当我陶醉在美的享受中时，陈玉兰若有所思地对我说：“这是我最近画好的一幅牡丹，想请你题词！”

“这……你不是要赶鸭子上架吗？我毛笔字写不好呀！”此系实话，我有自知之明，哪敢用毛笔在画家的作品上题字？何况是在这么鲜活、这么美的牡丹画幅上落笔？

“你是作家，写了那么多书，就题上几个字吧！”陈玉兰又恳切地说。

我还是连连摇头，恳切地说：“你的画，如此之美，我的字，如此之丑，反差太大，不协调、不般配，实在难以从命！”

“这幅画是特意为你画的，你题了字，就请你带回家去，留个纪念呀！”陈玉兰成竹在胸，快人快语，说着已经将毛笔递了过来！

我凝神望着画面，思绪绵延，心想，这倒有点左右为难了！看来执意不写太扫兴，哈哈，就让丑小伙子去美牡丹的世界里游玩一次吧！反正这幅画说好归我收藏，别人看不到，那就现丑了！于是我忽然勇气大增，想到刘禹锡的名言“唯有牡丹真国色，开花时节动京城”，就随手写上了“国色天香”四个歪歪扭扭的毛笔字……

写到这里，我又去了次牡丹园，只见竞相绽放的牡丹花争奇斗艳，尽情欣赏的人们也都笑容满面如花朵朵，大家都在用相机或手机留住牡丹姣美的花容！我想我也要用这篇短文，把陈玉兰笔下的牡丹之美介绍给读者诸君……

2016 年 4 月 11 日

大海的颜色

我于 1979 年春天重返上海后不久，适逢上海市作家协会恢复活动后举办的一次创作研讨班，我有幸和新老文友们共同学习，甚感幸运。研讨班后期有一个月时间深入生活和写作，我选择了采访抗日战争时期的“浦东游击队”，如果可能，我打算就写写这个鲜为人知而又富有历史意义和上海地方特色的题材。

先后去了当时的南汇、奉贤县，在当地文化部门的帮助下，拜访了多位健在的浦东游击队队员，他们深情地回忆，动情地口述，我边听边记，记满了两本笔记簿。但我还不能动笔，因为还没有寻访到浦东游击队队长朱亚民同志。

经多方打听，有了朱亚民住在苏州的地址，我赶去拜访，受到热情接待，和他屈膝畅谈了两天两晚，还一起讨论了一些问题，我带着不虚此行的满意返沪时，已在想着这部书的写作问题……

可是，我却没有完成这项写作任务！

近日我之所以会想起这些往事，是由于举国上下都在纪念抗日战争胜利七十周年，当年浴血奋战的浦东游击队队员们的英勇事迹却鲜为人知！我怎能不因此而心生愧疚？工作频密调动忙于应对有客观原因，但也难以让我排遣失职之内疚！

联想到卢沟桥事变一发生，上海的文艺家们就愤然握笔，在七天内创作了剧本《保卫卢沟桥》，并立即投入排演，接着在蓬莱大戏院公演，日夜两场，场场爆满，台上台下心连心，反对侵略、保家卫国的口号声，响彻云霄！还有上海音乐家麦新，创作了抗日歌曲《大刀进行曲》，第一次在南市文庙内千人首唱！而从法国移居上海的饶家驹先生，从日军枪口下拯救养活了三十万难民，因为这位法国神父的壮举，原本只为救助战争中军人的《日内瓦公约》，加上了“拯救平民”的条款，并被称为“上海模式”……

这都使我联想到，我们上海这个中国沿海城市的文化特色，在抗日战争中的文化现象，多么鲜明的海派文化内涵和外延！

这次海派文化学术研讨会，也是上海大学和区里联合举办，这样的合办可谓珠联璧合、相得益彰，不仅有闻名全国的四行仓库保卫战中，八百壮士为祖国英勇奋战、不惜牺牲的精神，还有许多抗日救亡中可歌可泣的事迹，有待我们去挖掘整理并加以继承和发扬！

我一直在说，六千年前，上海还是一片汪洋。是大自然神奇的手，造就了上海这座滨海城市。人们常说大海是蔚蓝色的，没错；可这蔚蓝色往往只是海水表层的一种颜色，随着海水深度和阳光角度的不断变化，海水就会呈现不同的颜色。这说明海水的颜色是非常丰富的，而且变化也很快。这是我们海派文化研究工作者特别需要注意到的！

可喜的是，我们的海派文化研究正在多角度的向纵深发展，研讨会论文集连续不断，“海派文化丛书”英文版首本已和读者见面，受到读者欢迎，特别是外国友人的赞同，并继续在齐心协力地推进；“海派文化丛书”的少儿版，也在策划、启动中了……

大海的颜色丰富多彩，令人喜爱，值得我们继续深入地研究！

2015 年 10 月 12 日

海派无派有文化

——序《上海老城厢路地名掌故》

我生活在上海老城厢多年，也曾在原邑庙、南市区任职较长时期，这里的大街小巷，都留下过我的足迹，深感处处蕴涵着历史变迁的真实而生动的申城故事，刻印着上海人民智慧和力量所带来的变化……

读着吕颂宪同志主编的《上海老城厢路地名掌故》，我似乎又回到了上海老城厢，漫步在老街陋巷，是那种旧地重游的亲切和无穷回味交织的感觉，一时不知该怎么说为好。

无论如何，吕颂宪同志这是做了一件功在长远的好事。他别出心裁地为上海老城厢的地名、路名不仅如实留影，而且和李文骏同志密切合作，运用各自擅长的书画和篆刻艺术，巧妙地进行配合，使读者在既能有漫步上海老城厢如身临其境之感，感受独特的申城风貌的同时，又有欣赏书法、篆刻艺术的精神享受，想必定会受到新老上海人的欢迎！

在此，我想特别强调的是，这本《上海老城厢路地名掌故》有其鲜明的特色，既是海派文化与老城厢路、地名蕴涵内容的巧妙结合，又使城市路地名与书法、篆刻艺术相映生辉，读来有益又有趣，而且还有用！

也许你在面对光启南路这一页时，欣赏的同时会想到：为什么要将原名阜民路作如此改动呢？也许你在面对商船会馆那一页时，会想象商船怎么会成为当年上海市的市标……如果调动自己的知识积累，在欣赏过程中就会感受到海派文化的形成轨迹及其积极作用！

记得有次在拜访程十发先生时，我们很自然地谈到了海派文化问题，先生以其特有的睿智和幽默笑着对我说：“什么是海派？海派就是没派，没派就是海派，海派无派！”我连连点头说：“是啊，海派无派有文化！”

欣赏《上海老城厢路地名掌故》，我们可以再次体会到：无派的海派文化，富含着深厚的历史底蕴和文化张力！

2017 年 5 月 10 日

大爱之歌大家唱

我和王仁华同志早就在工作中有所接触，记忆中我们是在评选劳动模范工作中认识的，她负责采访并整理劳动模范候选人的事迹材料，是一位勤于走笔的女同志。据说她曾是当年去农场务农的上海女知青，体弱多病，受到众人呵护，因病经医生抢救进而战胜了病魔……这些，王仁华都铭记在心，言谈中感恩之情自然流露，可见她是位知恩图报的人，能自觉地将这感恩之情转化成助人的动力，因而她总想着要“在力所能及的时候，管管闲事，帮人一把”。

在我的记事本上，2001 年 3 月 17 日（周六）的那页，有如下一行文字：“下午在王仁华家，爱心人的聚会。”可见，王仁华的爱心助学活动早在此前就已开始了。记得当时的上海人，对贫困农村地区的爱心助学活动都很热情，是由一位市政府副秘书长兼新闻发言人施惠群同志倡议并获广泛响应的捐资助学活动，先在《解放日报》上公布贫困学生名单及基本情况，市民据此自愿认领以后，按期交付定额的助学金。我分别认领过安徽、江西农村小学的贫困生，还收到过受助学生情真意切的来信呢！王仁华倡导的帮困助学则是另辟蹊径，对考进上海的高校、已经在沪就读的大学生中的困难同学，给予主动关心和无私资助。我觉得这很有必要也很有意义，于是引起了关注，乐于参加。尤其令我感动的是，王仁华同志和来自各地的受助大学生之间，自然形成的真挚感情，亲如家人，胜似母子，实属难能可贵！

捐资助学，看似为数不多的金钱互相交接，其实却是宝贵的爱心传递，其意义和价值，是无法用数字来计算的。古人有言："人之有德于我也，不可忘也；吾有德于人也，不可不忘也。"(《战国策·魏策四》) 助人者奉献爱心，不图回报，但受助者会受到激励，有益于这些学生的健康成长，以至影响一生的为人处世，起着潜移默化的作用；出资助学的同志，也就从中感受到助人为乐之乐，乐在其中，这胜过心灵鸡汤，有益健康！

对此，王仁华同志是有切身体会的。据她自己说："从小身体不好，生过许许多多的病”“几次死里逃生的我，怀着一颗感恩的心”，从而主动热情、坚持不懈地从事爱心助学工作。王仁华同志是从切身感受出发，热心帮困助学事业，这样的选择并非偶然，也不是一时随意而为，不，这是和她的生活经历、人生感悟密不可分的！她其实是在为自己写好一个只属于自己的人字！是啊，人字只有两笔，一撇一捺，写好却并不容易，“写”歪的却不少见，是要一步一笔地写一辈子的啊！王仁华一直在努力写好这个人字，写的是一个端端正正的大写的人字，从而影响了身边许多的人，和她一起做这爱心助心、富有意义的好事！她的选择和经验，值得我们学习！

读了王仁华同志发送过来的《开心的事大家做》这部书稿，都是她请一个个爱心助学当事人撰写的真实事例，读来令人感动。我闭目凝神，神驰遐想，似乎自己置身于社会的大剧场中，眼前舞台的大幕在徐徐拉开，台上排列整齐的人们，个个神情专注。随着掌声响起，走来了一位衣着朴素的女子，她向观众鞠躬致礼后，回身挥动指挥棒，激情洋溢地带领大家一起高唱《大爱之歌》……

这《大爱之歌》的嘹亮歌声，悦耳动听，感人肺腑，飞出窗外，飞向四面八方，撞击人们的心灵，引起共鸣，于是都情不自禁地唱了起来，齐声共唱这震撼人心的《大爱之歌》……

这是我读《开心的事大家做》这本书稿以后，掩卷遐想的情景。

我热诚推荐人们阅读这本不同寻常的书，一定会“开卷有益”。我相信会有更多的国人参加到爱心助学活动中来，使祖国的年青一代都能安心学习、健康成长！

是为序。

2016年3月4日

笑声回响天台

我最初知道萧丁这笔名，是为漫画家张乐平先生的作品配诗，在《解放日报》“国际版”设专栏发表的诗人，他的诗富含浓厚的嘲讽意味，读来往往令人捧腹而又回味无穷，给我留下了难忘的印象，但却一直无缘与诗人萧丁见面。直到1979年以后，我重返上海工作，有次应邀出席《解放日报》文艺部召开的作者座谈会时，才有缘和久仰的诗人萧丁第一次握手，他显得文质彬彬的面带微笑，给我留下了难忘印象。

在我重回上海工作不久，任职于上海市人民滑稽剧团时，有次和杨华生、笑嘻嘻、李九松、王汝刚等演员，以及舞台工作人员一起，应邀前往皖南山区，为上海迁去的“小三线”企业的职工作慰问演出。萧丁对此举热情赞同，并要和我一起随同剧团前往。他和剧团的同志形影不离，同吃同住，无拘无束地交谈。我俩有感而发地写了一篇题为《把笑声撒向山谷》的文章，在《解放日报》发表后反响不小，多年后还有上海大学徐有威老师在其专著中加以引用呢……这篇文章虽说是我们两人的合作成果，但这画龙点睛的标题，则是萧丁当场灵机一动的传神之笔，足见他才思敏捷的诗人气质溢于言表，是我学习的榜样！

不久以后，我当选为南市区政府区长，在地处上海老城厢所在地担任这个公务员哪能会不忙？但我和萧丁还会忙里偷闲地电话联系。当他得知我将率南市区政府代表团前往南京市，和地处夫子庙的秦淮区政府，商谈开发寺庙地区旅游、商业方面的合作项目时，马上表示也要以记者身份随团进行采访。我理当表示欢迎。在南京访问期间，他这位不同寻常的记者，帮助我们代表团的工作，起了不可替代的作用，深受代表团成员的欢迎和爱戴。访宁期间，我打算趁会谈间歇，利用休息时间去南京郊区湖熟镇老家一趟。萧丁听了，主动提出要和我一起前往。当我俩走进前山岗村，来到我胞弟伦正家中小坐后，我说我要到村前的山上去一趟，给祖宗先人的坟上行跪拜礼。他听了不加思索地就说也要同去，我们就一起默默无语地来到了坟山上……

此后的那年春节假日，萧丁和夫人王柳媚来寒舍接我们夫妇俩，同车前往他们俩共同的家乡浙江省天台县，和他们一起回望了童年生活的足迹，感受了这位报人特别重亲情、乡亲的诗人情怀！尤其令我感慨良多的是，他让我见到了他的恩师：当年他以榜列第一名的成绩考上了天台中学，却因家境贫寒交不起学费而不能入学，是这位老师为他代交了一斗三升米，才入学的！是校长给他送来了课本，而后还有一位科长每月资助他五角钱……他说起这“一斗三升米呀，五角钱在那个时候可是派大用场的呀”，感恩之情，溢于言表！

我到萧丁的故乡天台县，有种他乡似我乡的感受。有次应我的要求，萧丁陪同驱车来到天台县城的郊外，徒步登上了绿草如茵的山坡，在萧丁母亲的坟前，默立良久寄思念，轻声细语传心情。正如萧丁在《一艘满载的行船》中所写，“看起来我和李伦新同志经常随影随形，如兄如弟……”但在我看来，他不愧为兄长，我总是把他当大哥尊敬，这不仅由于年龄他比我稍大几月，主要是他在学问、知识等诸多方面，都比我强，值得我学习！向他请教诗词、音韵方面的学问，那就更多了！我为有他这样一位兄长而深感幸运！

记得中共上海市委前老领导陈沂同志，当年曾经把萧丁和我等几位同志叫去，商谈炎黄文化研究会的工作问题。陈老听取意见后，就胸有成竹地把这项任务托付给了萧丁，让他负责炎黄文化研究会的日常事务。萧丁不负众望，将研究会的工作像模像样地开展了起来，不但文化活动搞得内容丰富、形式多样，还知难而进地创办了一本内刊《炎黄子孙》杂志，他总是和编辑一起组稿、阅稿，必要时还亲自撰稿，把这本刊物办得内容丰富、质量较高，受到会内会外读者的一致好评！我虽曾忝居炎黄文化研究会副会长之列，却很少贡献。他总是以兄长对小弟谅解的口气说："我也担任了你们海派文化研究中心的副主任，你中有我、我中有你，你集中精力把海派文化研究工作做做好就行了。"其实，他作为上海大学海派文化研究中心副主任，对海派文化研究工作还是十分关心和支持的，每次研讨活动他都热情参加，受到专家学者和老师们的尊敬！

特别令人难忘的是，萧丁在退休以后那种为文化事业服务的自觉和热情。他担任区县报高级顾问团团长，为提高区县报办报水平，十几年始终如一地认真负责地指导帮助。他让我负责报纸副刊方面的事，还专门进行不止一次的专题研讨，使区县报副刊的面貌，经共同努力，不断改观。

值得一提的是，我和萧丁对松江，似乎有一种难以言喻的情缘之感，和松江的朋友更是亲密无间，常来常往。用《松江报》许平同志的话说，萧丁"为松江文化事业的建设和发展做了很多很多的事儿，写了很多很多的文章"。记得有次我和萧丁夜宿松江佘山宾馆，两人屈膝交谈至深夜十一点过后，才道别各自去休息。可他第二天早上见面，就递给我一篇文章，使我不免惊诧地问：“侬啥辰光写的呀？”他哈哈一笑说：“昨晚回房以后写的呀！”他说，这已经是他进报社工作后多年的习惯了。

萧丁在松江佘山脚下买了一幢楼房，有小花园，准备从市区的“盈尺斋”，迁到这名副其实的“卧绿馆”来，连书房都布置得像模像样，还在三楼专门为我布置了卧室，连棉被枕头等都一应齐全。当他领我和我老伴来到这间卧室，站在床前对我笑吟吟地说：“喏，你们就睡在这里，安静！”这使我何止只是感动？简直无言以对啊！

可是，我们正准备到“卧绿馆”来，和松江友人一起品茗聊天时，病魔却无情地把萧丁按倒在了床上！我赶到医院，见到他时，真的不能相信，这位哪像危重病人？他面带笑容对我说，“吃得下，睡得着，撒得出！”毫无忧愁状！但医生却告诉我，病情不容乐观！其实他也知道是癌症而且已经转移至多个部位，预后也都心知肚明，但他显得异乎寻常的清醒和冷静！我个人或陪松江来的朋友、庄晓天同志等，前去医院看望他时，他总是强忍着病痛，尽力镇定自若甚或面含笑意，从未见到过他痛苦的表情，也没听到过他的悲叹和啼哭，难得。只有一回，我去看他时，见他睡着了，就悄无声息地坐在床边呆呆地看着他……当他醒来，交谈了几句，说到难免离别，他的眼角涌满了泪水，仅此一次！有次我去病房，他面带笑容对我说：“刚才悄悄地溜出医院，到华山路去吃了一碗大馄饨，嘿嘿，味道好极了！”笑得简直像个孩子！又有一次我去看他，正巧在电梯口碰到，问他去哪儿？他笑盈盈地说：“去买房子！”后来他告诉我：已在福寿园买了一块墓地了！他就是这样，办好了想办的事，将自己收藏的书籍和字画整理后，无偿捐赠给了家乡天台中学，天台籍的同乡受他的善心感召，捐资一百余万，成立了丁锡满助学奖励基金，首批六十位需要资助的学生名单，已经报来了……

萧丁不能去家乡天台为首批获得资助的同学们颁奖了，“因为奉调去太白先生的白玉楼工作”了！他已于2015年12月24日晚7时20分奉调去“白玉楼”报到了！无论是李白还是李贺，都会欢迎这位勤笔耕耘的报人兼诗人的！他离开了我们，留给我的是他独有的笑容和笑声！他的笑声，必将在天台中学师生中回响，在天台山间永远回响！

2016年3月22日

文化使者顾延培

我在捧读写于2016年2月14日、具名“老友延培”的来信，读着读着，禁不住热泪盈眶，啊，你怎么这样快就不辞而别，而且永别了？我正巧外出，未能送别，怎不令人难受？这封信是顾延培同志为《上海老城厢》一书的事写来的，信中讲到："一位香港先生，捐献黄金拾两抢修大境阁……"字里行间，都透露着你为上海老城厢文化事业的深厚感情啊！

是的，这位出生于崇明的上海人，一直生活、工作在上海老城厢，从担任南市区文化馆馆长到区文化局副局长，你毕生都在为中华文化的传承和上海老城厢文物保护尽心竭力，做了许多有益的实事，为文庙的修复开放，上海古城墙大境阁的抢修，丽水路、文庙路口牌楼的建造……操心劳神、奔忙呼吁，实实的功德无量、功不可没啊！

记得当年在顾延培同志主持下，开展了上海老城厢文物古迹的普查，确定了上海古城墙、徐光启故居、商船会馆……三十六处，为重点文物古迹保护单位。可是，有的已经濒危急待抢修，但区里财力有限，报经上级批准，成立了上海市保护老城厢文物古迹基金管理委员会，我忝为主任，顾延培担任办公室主任，他成天在操心劳神，四处奔忙，还编印了《上海老城厢》宣传手册，扉页请朱屺瞻先生题写了"上海老城厢　旧貌换新颜"十个大字，让我写的拙文《让上海老城厢换新颜》作为代序，有的文字还译成了英文，且图文并茂，作为编撰、摄影者的你，其良苦用心可见一斑！

缘于上海市区唯一的这座文庙，却没有一尊孔子的实体形象，为此，香港同胞陈春先生主动热情地表示，捐资建造。顾延培热情支持并表示赞同，但却遇到了阻力，可他不言放弃，四处奔波，竭力争取，一座孔子铜像，终于立在文庙大成殿前了！从此，到文庙来的炎黄子孙和外国游人，尤其是年轻学生，都会在孔子铜像前静静地默立、沉思……

是的，顾延培显然是一位尽职的文化使者，他似乎就是为中华文化而生，一直在为文化事业而操心劳神、奔波忙碌！他的心血，都用在了中华文化的传承和弘扬事业上，为上海老城厢文化遗存的保护，尽心竭力！他还精心主编了《上海老城厢风情录》《上海老城隍庙传说》等书，并参与编写出版了《上海市南市区民间歌谣谚语集成》《上海的传说》等多部作品，公认是一位广受人们敬重的书法家、民俗学家……

我为有顾延培同志这样一位老友而深感幸运！我为他的不幸去世而无限惋惜！我们要为让这位文化使者的在天之灵能安安静静、尽力尽责地保护和运用好上海的文化遗存而贡献自己的一份力量！

2016 年 12 月 21 日

隔山隔水勿隔情

在我的记忆屏幕上，至今依然清晰地映现着我与《解放日报》的《朝花》副刊之间友好往来和不解情缘。在我家中，那一堆从外地运回的装订成册的往年《解放日报》合订本，真实记录着当年一个上海文学爱好者与《朝花》副刊的深情厚谊。

那是1960年5月3日傍晚，天色阴沉。在上海火车北站，我走进了一节迁厂支内专列的车厢，探头窗外，和送行的妻儿挥别后，坐在窗口，面对夜幕下的世界，思绪如脱缰的野马，何止浮想联翩？自然想到了纸笔、写作、发表这类字眼，想到了今后还能不能读到《解放日报》并为她的《朝花》副刊写稿？

作为一名上海的青年团干部，我的名字第一次登载在《解放日报》上，第一回参加的通讯员学习班是《解放日报》举办的，在汉口路解放日报社编辑部参观时的情景，特别是目睹报社人员用一个一个铅字排版、印报的情景，又历历如在目前。

有篇题为《夜奔》的稿子尤为难忘：我当时在青年团邑庙区委工业部任职，在下基层工厂联系工作过程中，多次听到电镀厂职工群众对联合党支部书记的议论，众口一词地称赞他是位一心一意扑在工作上、全心全意关心职工胜过自己的好干部。我当时是市青年文学创作小组小说一组的副组长，热心于业余创作，就在一天下班以后前去采访。邑庙区有好几家小型电镀工厂，生产设备相对简陋，且有毒有害液体气体比较严重。党支部书记总是没日没夜地和职工们并肩战斗，哪里生产有了问题，他总是及时赶到哪里去！

这天下班后，我按预约来到他的办公室，没人！去所属工厂处理突发问题了。我骑上自行车急忙赶去。赶到这家工厂，门卫告诉我：书记又赶往另一家工厂处理急事了。我调转车头又赶往那家电镀厂……这样一连赶了三家工厂，也没能赶上他！这时夜已深，我人已倦，心想继续赶去也不一定能赶上他，就不再去赶他了。回到家里，我难免有些不快，牛饮了一杯水，忽然想到：这些不正是这位基层党支部书记的工作实况吗？于是我就如实记录，后来又作整理，写成了一篇题为《夜奔》的文章，发表于《朝花》副刊。此后，我以“又新”笔名在上海发表的最后一篇文章，也是在《解放日报》……

我来到了一个完全陌生的地方，在工厂劳动，心里难免会有看报纸、写稿之类的念想，但也只能限于念想而已。有次我发现同一个车间的俞柏年师傅订有一份《解放日报》，就想向他借来看看，于是就有意识地设法与之接近，渐渐地熟悉了，我就提出借阅的请求，并表示一定做到“完璧归赵”，保证不缺不损！这是一位既宽厚又温和的老工人，他应允了我的请求，于是，我就从他那里借来《解放日报》，看过以后一张张叠放整齐，到月初就将上个月的报纸送还给他。

报纸为媒，我和俞师傅多了来往，渐渐地成了如水之交的朋友，有时比肩散步，有时屈膝交谈。原来这位俞师傅也出生于书香门第，熟读诗文，我们多有共同语言。他每日将《解放日报》交给我，我读得认真，尤其是《朝花》副刊可谓篇篇必读！读后按月将报纸装订成册，还用牛皮纸作封面封底，用毛笔写上报名和年月。月复一月，年复一年，渐渐的就报纸堆积如山了！

余兴是谁？当地的桂林日报上，出现了以这个名字发表的文章，有时文章中还写到了本厂的人和事，厂里同事中就有人问了：这余兴是谁呀？俞师傅笑而不答，我更是避而不谈。谁也不会想到，这余兴是俞伯年、李伦新两人姓名中首尾两字的谐音呢？这当然是我俩合作的成果！毋庸讳言，我俩当然会谈到给《解放日报》寄稿子的问题，但这只是心存念想、寄望今后而已……

1979 年 4 月，我奉调回上海，仍旧在南市区工作。写的第一篇文章，自然发表于《解放日报》，重续和《朝花》副刊的友情往来，说来话长，好在都已凝聚在《朝花作品精萃》《朝花散文随笔精选》等作品集里了，这些书里所选载的《燕子》《洁白的哈达》等篇章，都是我与《朝花》副刊及其编辑同志们友谊的结晶！在我的书房里，那些从远方带回来的当年《解放日报》合订本，至今还常常会引起我的追忆和遐想……

我心目中的《朝花》副刊，永远是带着晨露、散发着馨香的人见人爱的美丽鲜花！

2016年4月5日

海浪花开　馨香久远

——序《百年老西门摄影集》

也许我和上海老城厢有缘，年轻时就在地处老西门人民路上一家私营企业做工，新中国成立初期调进机关，办公大楼也在人民路上，家就在附近的机关宿舍内。历经坎坷以后，重新回到上海，还是在原邑庙区、南市区任职，都在老城厢地区，对环城中华路、人民路上的豫园、文庙、大境阁等尤为关注，对如何保护历史遗存，使上海老城厢在新时期绽放光彩，是我和我的同事们总在思考的课题。

《百年老西门摄影集》的编者们，高瞻远瞩、深谋远虑，为了让上海这座中国东南沿海新兴城市的历史记忆传承久远、光辉永耀，精心策划、细致选择，将老城厢地区一部分富有历史文化内蕴的代表性遗存拍成照片，并细心创制了这本图文并茂的摄影作品集，使上海老城厢丰厚而富有特色的历史文化载体相映辉煌，传承久远，让人们看了有身临其境、耳闻其声之感，这也有益于中外人士对上海历史进程和文化传承的了解，更有益于新一代上海人真实而又形象地认知上海，从而更自觉地喜爱上海，建设上海，可谓功莫大焉！

上海这座中国东南沿海的新兴城市，史载六千余年前还是汪洋一片，是大自然神奇的手，缔造了古老中华的这座新兴沿海城市。它主要是由长江水流夹带而来的泥沙，渐渐地淤积成新的滩涂湿地，因而相继有了名曰上海浦、下海浦的两个小渔村，前者在现今的十六铺地区，后者所在地至今还有一座下海庙。从而，上海这座新兴移民城市，以海纳百川、兼容并蓄等为特点迅速崛起、名扬世界。

在上海老城厢地区，如今幸存下来的古城墙大境阁，形神兼备地向人们展示上海人民为奋起抵抗倭寇的侵略，齐心协力地筑城、开挖护城河的壮举！而市区仅有的一座文庙，不仅是历代上海市民尊崇孔子及其学说的圣地，还是音乐家为表达中国人民抗战意志而及时创作的《大刀进行曲》第一次唱响的地方，上海市民慷慨激昂、齐心合力保家卫国的情景不难想象！

是的，建筑是凝固的音乐。上海这座个性独特的沿海城市，她的历史文化建筑，富有鲜明的海派文化特质，多有真实地记载着丰富的海派特点的人文故事。每当我来到徐光启故居前，总会驻步凝神、沉思默想，这位二十岁就中秀才的智者，他和意大利传教士利玛窦先生共同翻译了《几何原本》（前六卷），是引进西方科学技术、开创中西文化交流的先驱，倡导海派文化的开先河者！面对光启古居里的照片，会引发人们的沉思默想……

是啊，原本是汪洋一片的上海所在，如今矗立着海浪花般越来越繁茂的城市建筑。每每都像蕴含着人文历史故事的海浪花啊，花开朵朵，馨香久远！

2016 年 8 月 26 日

酸甜苦辣皆营养

时间老人的脚步似乎又加快了，转眼间，2017 年元旦即将来临。作为一名《秘书》杂志的老读者，又曾经做过一段时间的秘书工作，还较长时间和秘书们合作共事的人，我要借这本杂志的一角，由衷地向秘书工作者们致以节日的祝贺，祝大家身健笔健、诸事顺遂！

记得那是我在原上海市南市区工作期间，有次区党政代表团应邀访问湖南省湘西自治州。途中，我这个新上任的区委办公室主任，要为区委书记、代表团团长起草一份讲话稿。

喜欢舞文弄墨的我，自以为这事并不困难，很快就交了稿子。没想到书记也即团长叫我去了她那里，客气地首先肯定了我工作抓得紧，接着婉转地指出：稿子这里、那里要考虑修改、补充。我连连点头，快笔速记。回到房间，马上修改。那时没有电脑，一字一句重新写清。

我交去修改稿后，自以为可以通过了，没想到领导看后又来找我，她肯定改得比初稿好了些，但是，还有些内容、提法等问题，要再作修改。

我马上根据领导意图，又进行了一字一句的修改……

这样修改了三稿，显然还没能达到领导的要求，也许因为夜已深，领导才没有再要我继续修改，我想。

第二天的会议上，我们代表团领导的讲话，基本上是照稿子念的，我想，还好，没有白费辛苦！

看来，这秘书的活，不是容易干的，要好好用心、处处留神了！

很快，我又转换工作岗位了。不久，我当选为南市区区长。届满后，选为区委书记。不言而喻，我这些年的工作中，和办公室特别是秘书科的同志，打交道是最多的：工作报告呀、会议讲话稿呀，如此这般，都由秘书起草稿子，此乃常态，因而我和他们的交往，无疑是很多的。往往下班时间过了，他们还在办公室忙着，我就会走过去，和他们随便聊聊，日常时久，就无拘无束了。记得秘书曾经对我如此直言：

“秘书，作为领导的助手，并不都是被动听取，也应该主动提出意见、建议！”

“领导要鼓励秘书大胆提出自己的意见，包括不同看法，以弥补自己的不足，这有利于做好工作嘛！”……

我至今难以淡忘这些坦诚的直言。我们都认为，能将酸甜苦辣咸都当营养品消化者，才能当好秘书。

有位秘书科长，是文笔快手，撰写简报、起草报告，等，都得心应手。还常在报纸上发表通讯报道。我有意响鼓重锤敲，指出他的不足。在我调动工作和他依依惜别时，他说着说着就禁不住放声大哭！此情此景，现在还鲜明地映现在我的脑屏幕上！

工作调离以后，还会继续和我保持联系的，多为当年任职期间曾经的秘书同志！

退休以后，还继续时有来往的，也都是往日共事过的秘书同志！

秘书，不仅是工作上关系，也不只是领导与被领导的关系；还有更重要的，就是志同道合的同志关系，更有志趣相投、业余爱好相同的朋友关系，在互相谅解、彼此尊重，和取长补短、互帮互学中，继续维系并不断延伸友谊之情……

请允许我以秘书朋友的名义，向《秘书》杂志编辑部和读者诸君，致以节日问候，恭祝大家在新的一年里，身健笔健、诸事顺遂！

2016 年 7 月 15 日

手指的神奇

近日我欣喜地获赠一幅不同寻常的书法作品，上联是“海浪花开香万里”，下联为“书声乐奏醉千秋”，出自华东医院推拿科名医朱鼎臣先生手笔，这使我久久凝神欣赏，情不自禁地放声赞叹：“这真是一双神奇的手啊，可贵！”

是啊，就是朱医生这双看似寻常的手，却有着不同寻常的功夫，为就诊者推拿治病去痛，功效显著，倍受欢迎。记得在上海世界博览会举办期间，有个国家常驻世博会的总代表，腰背疼痛难忍，负责接待的同志打电话和我商量，一致同意立即去华东医院请朱鼎臣医生诊治，由我联系并陪同前往。经朱医生亲自用“一指禅”推拿后，有明显疗效，这位外宾竖起了大拇指连声赞叹……

没想到这位外宾第二天又来电话，说是他的夫人也要去请朱医生推拿治疗！我只能从旁协助联系，没有陪同，后来听说，治疗后患者同样夸赞不已。

这无疑是由于我们上海的作家、学者为迎接上海世博会而创作、出版了一套“海派文化丛书”，三十三本中有《海派中医》一书，书中专门介绍了“一指禅”创始人朱春霆的事迹和经验，子承父业的朱鼎臣医生为主执笔，和青年作者李鑫同志密切合作，写成了这本专业性强却通俗易懂的书，获得特许进入世博园区，受到中外人士的欢迎。

朱鼎臣医生的这幅书法作品，令我何止只是钦佩，更是惊喜。因为中国独特的书法艺术，和包括推拿在内的中医医学，都是历史悠久而富有中华传统文化特质的，其内在的密切关系以及相互之间的积极影响，都值得我们深入研究。

在近日举行的“一指禅”推拿学术研讨会上，与会专家和来宾高度评价朱鼎臣独特的医术，而我在发言中则强调了“一指禅”推拿的医学和文化内蕴。此后，我欣赏了朱鼎臣挥毫书写的这幅作品，虽然我没有当面给予过分的恭维，但在和他共同探讨时却形成了一个共识，那就是中医推拿和书法艺术有共通之处，可以相得益彰！“推拿时手指经过，骨若如醉；写字时动笔手抬，同样如此。”他说着，在我的肩背处按摩，令我确实感觉到细微的区别，似有清风徐来，水波不兴之感，真是神奇的手指也！

2016年7月15日

勤笔耕耘喜丰收

——序娄建源《追旅思》

一方水土养育一方人。有山有水的上海市松江区，历史较为悠久，人文底蕴丰厚，是人才辈出之地。进入改革开放新时期以来，文化传承与科技创新都多有成就，令人神往。这正是我和文朋书友喜欢常常去松江的缘由。登上佘山，静坐湖畔，与松江的同志在一起品茗聊天，乐在其中。

我和松江区旅游委的领导人娄建源同志的如水之交，虽说过从不密，但却印象深刻。在他组织的评选“松江新十二景”并开展专题征文活动时，我应邀参加，有幸结识这位爱好文学的局领导。在随意交谈中，留下难忘印象，使我直感这也是一位重视文化传承的松江人，举止谈吐都透露文化气息，不但善于动口动手，而且还勤于动笔写工作计划之类呢！

想不到这位身居领导岗位的松江朋友还一直在写文章！他勤笔耕耘、繁忙工作之余，写下了一篇篇富有真情实感的散文随笔，即将交由文汇出版社出版新书。社长桂国强同志和作者一起约我面谈，要我为这本新书写个序言。盛情难却，我理当尽力而为。

在阅读部分书稿的过程中，我很自然地感觉到有两个不同的形象在相互交融、交替：有时他是旅游局的领导者形象，认真负责且有几分严肃地在执行公务；但在和朋友品茗闲聊，特别话题集中在文学创作方面时，他那政府机关部门领导干部的形象就不经意间淡化了，这领导者的形象和文学爱好者的形象互相交融、交替，呵，是了，这就是娄建源同志个性或曰风格的统一吧。他在《感动廊桥》一文中写道："我终于'迟到'地踏上了这片温州的土地。在游览了雁荡山合掌峰景区后，我们来到了浙闽交界处的泰顺县，去拜访心仪已久的美丽廊桥……"他被绿树红桥相辉映的美景陶醉，和廊桥文化展示厅的主人聊天，一位普通旅游者的形象，跃然纸上。

然而，他所写的《何陋轩与冯纪忠》一文就有不同了。这篇文章中写道："2000 年至 2001 年，我因工作关系，曾邀冯老先生来松对松江博物馆进行整体改造设计，也曾陪冯老先生坐在'何陋轩'中品茗，至今还记得他的设计感想……"显然有些干部的口气和工作姿态了，遣字造句也不是在写随笔散文时的感觉，这当然是可以理解的。

这其实也是我曾经面对的一个问题。当年我在党政机关工作时，写文章特别是文学作品时，笔下不该出现的官腔官调，如何有意识地把握？怎样按特定环境下的特定人物所应有的语言、声腔、口气，真实而个性化地加以呈现？确实是个难题！据我所知，这正是一个值得关注的问题，就是身为干部为官从政、生活在官场日长时久，语言习惯会有相应特色，在以干部身份写散文随笔之类的文章时，如何重视遣字造句的特定要求？正确把握人物身份和语言口气，等等。可以看出，娄建源同志在这方面是很重视的，虽然有时会不经意间在以干部身份和口气遣字造句，但他作为一位文学钟爱和追求者，已取得相当成就，有些篇章如《“山骨水肤”引客来》等，就比较耐读，实在可喜可贺！

期待着已经退休了的娄建源同志，退而不休地继续勤于笔耕，在文学创作方面不断有新的美文佳作问世！

2017 年 4 月 12 日

附　录　三

一位令人倍加尊敬的温和长者

——李伦新印象

修晓林

因为担任李伦新老师长篇小说《非常爱情》和散文随笔集《海浪花开》的责任编辑，就此与老李格外熟悉起来，心儿，贴得如此近，近得能够感受到彼此的心跳；情谊，交汇得如此融洽，融洽得能够使人处处感动。所以说，担任作家数十万字著作的编辑，因为其时间和精力的大量、全情投入，故而和作者之间，在交谈的力度、情感的深度、交往时间的长度方面，显然有其明显特色。正是所谓“种瓜得瓜，种豆得豆”。

我称呼李伦新老师为“老李”“李老师”，均是一种发自内心的尊重和敬仰。对于这样一位信仰坚定、追求理想、备受人间苦难却又是刚强无比的长者，我唯有感到无比的亲切和佩服！李老师的青年和中年时代，受尽精神和肉体的摧残和折磨。在是非混淆、真假不辨的极“左”路线盛行年代，因为出于正义和义愤，老李给领导提出“整风”意见，却被打成“反党反人民反社会主义”的“右派”。在那个凄风苦雨的时刻，在严酷的政治压力下，他甚至想了结自己的生命，以期摆脱无尽的痛苦，但是他挺住了，他要用时间来证明自己内心的纯洁和正确。他被无辜戴上右派帽子，蒙冤被发配去上海郊区“劳动改造”。1959 年，当李老师就要离开劳动近两年的浦东六北生产队时，农民阿林婶婶和小根娣一直送他到南码头轮渡站，怎么劝都劝不回去。此后，作为“摘帽右派”（还是被歧视和管制的右派！），因妻子工作的药厂内迁，老李去桂林劳动十九年，他曾经住在简陋的土房里，用煤油炉烧饭吃，险些被当地造反派批判殴打致死，是正直善良的工人兄弟为他脱离险境；一位叫阿桂姐的食堂炊事员，平时态度严肃，见到老李去买饭菜时说：“你烧大炉，只吃三分钱的青菜，不要命啦?”当老李坐到角落吃饭时，意外发现饭下面多了一份炒肉片！李老师说，这炒肉片的滋味，至今回味无穷！在桂林漫长的日子里，特别是在那场十年浩劫中，被逼跪水泥地、批斗、关牛棚，李老师什么都经受了。让他感到欣慰的是，在那样恶劣的生存环境中，还是有善良之人关心和帮助着自己。1979 年，灾难远去，云开日出，当李老师就要登上回到上海的列车，厂里有二十多位工人同志深夜到火车站为他送行，依依惜别，互道珍重。伦新老师说过："在我倍加坎坷的人生经历中，我总能遇到这样那样的好心人，有的因为对我知根知底，有的却是素不相识，出于善良，由于同情，甚或只是因为伸张正义，但他们都是有恩于我的好人，是他们使我死里逃生，是他们让我重新鼓起生活的风帆，是他们支持帮助我为人民做了一些有益的事情。好人活在我的心里，永远激励我、鞭策我，影响着我的为人处世。"

经历寒冬的人，最能体会阳光的温暖，受尽苦难的人，最能感受友情的珍贵。正是因为人生的冤屈和磨难，使得李伦新老师和人民群众的心，保持着亲近无比的血肉联系，对于党的十一届三中全会以来改革开放的各项方针政策，是那般的深刻理解和衷心拥护。李老师非常感念胡耀邦在"实践是检验真理的唯一标准"大讨论和彻底平反极"左"年代、"文革"冤假错案、拨乱反正、支持邓小平复出、全面推进改革开放事业的伟大功绩，他曾在江西省德安县共青城鄱阳湖畔福华山下的胡耀邦墓前，长久默默静坐，这是一种多么深切的回顾与总结，是一种多么深厚的感恩之情和对于一个伟大时代到来的盼望和欣喜！在老李担任上海南市区统战部长、区长、区委书记和上海市文联党组书记的重要职务时，在上海“三年初变，五年大变”的关键时期，他以极大的政治热情和智慧，以高超的领导艺术和稳重的工作方法，关注民生，顺应民意，尊重作家、艺术家，为上海文学界的出精品出力作，精心组织、殚精竭虑、热情服务，做出了令人称道的显著成绩。

十一届三中全会后，上海举办张灯结彩的豫园闹元宵灯会。上海的城隍庙豫园商场，彩灯高悬，人流如潮，绚丽多彩、层层叠叠的灯光为欢欣鼓舞的人们增添着无穷喜悦和活力。很快，城隍庙游览景区已是游人爆满，甚而是行走困难，而四处的人们还是如浪潮般向这里不断涌来！脚底下已是不见一寸平地，空气中已是传出令人恐惧的气息，万一发生前跌后拥的人群踩踏事件，后果不堪设想！正在百年湖心亭坐镇值班的李伦新老师，心急如焚又是镇定自若地下达指示：城隍庙的各个入口，不再进人，景区里的各个商店，迅速开门，让水泄不通的人浪得到疏散和缓冲。老李同时给时任上海市长打电话，向他汇报情况，市长听后立即回答：“你需要什么我就支持什么！”并立即同意增派800名警力到现场支援。一场可能发生的重大事故得以避免，而将人民冷暖和安危系于心间的李老师，此时才彻底松了一口气。1990年的某一天清晨，李伦新床头的电话响起，说是时任市长已在外马路拿着扫帚扫地。他马上赶到现场，与这位也是曾经被打成“右派”的市长一起清扫马路。哗哗的扫地声，传递出的是尽快建设经济高度发达、精神高度文明国际大都市的坚定心声。一位是鞠躬尽瘁、而后担任中央领导的市长，一位是身体力行、口碑甚佳的区长，他们的心，贴得是如此亲近，他们的情，显得是这么深厚。

1996 年，全国文联和中国作协的“两会”在京召开。中央领导对此很是重视，在谈到文化建设的时候，特别提到了李伦新老师，说上海有这么一位老同志，开始在南市区当区长，以后当区委书记，年龄快到了，市里又把他派到市文联去，既做文学艺术的组织工作又做党的工作，更为宝贵的是他又写了很多作品并有好几本著作出版，说党政干部就要有这个情思、眼界和胸怀，领导干部能够热爱文学并执笔创作文学作品，是一件很难得的事情。

是的，老李对于文学创作的热爱和痴迷，早在二十世纪五十年代初，就已是融入血液且是深入骨髓。在我与伦新老师的接触中，只要谈起文学，他的眼神甚至是全身的细胞，就会分外的明亮和活跃。他从年轻时代起，就酷爱文学，喜读中外文学名著，深切赞同“文学表现人民的疾苦和命运”、“文学是民族精神的光芒和号角”的观点。李老师既有苦难生活和领导干部的生活体验，又有扎实的写作基本功，既有普通平民老百姓的立场，还经常会闪现“长期积累，偶尔得之”的创作灵感，所以他能够在长篇小说、电视剧本、散文随笔等方面取得丰硕成果。

在多次畅谈中，李伦新老师都对我说起他对于文学创作的主张与追求：一是文字朴素、有力，不哗众取宠、扭捏作态；二是讲究小说或者纪实文学文本的故事性，做到既可思又可读；三是主张文学就是写人性和人情。我在心中甚是赞同老李的文学追求。

长篇小说《非常爱情》出版后，知名作家、评论家的肯定、报刊的推介、上海人民广播电台由播音艺术家张培声情并茂、配乐朗读的小说连播，且是在当年出版又再版，这都是出版社最愿意看到的结果，这也说明伦新老师的作品，确实产生了较好的“双效益”。

与李老师见面、交谈，每次都如沐春风，深受教益。他对于文学小辈的关心和爱护之情，都能从他的眼神和动作姿态中，受到感染和感动。因着与李老师的长期、深入交往，我也处处受益。王琪森、李关德、甘建华等人的著作和在此以外发生的种种好事幸运事，都是因为有了伦新老师的“牵线搭桥”而发生。“随风潜入夜，润物细无声”，在李老师面前，我就像一株稚嫩幼小的青草，感同身受，受益多多。

老李从领导岗位全身而退后，担任着上海大学海派文化研究中心主任。他以自身深厚的文化底蕴和广泛的社会影响力，以及他的良好人际关系、社会资源，为凝练、提升和普及、宣传博大精深中华文化中富有特色的地域文化之一的海派文化，做出了旁人难以替代的贡献。而从李伦新的特色顺口溜“海风最潇洒，海浪美如花，海水无限量，海派有文化，请把海浪花，带回你的家”可以看出他内心对于兼容世界各国文化资源优长、在新世纪全球背景下日益散发出超凡魅力的海派文化、如海浪般的巨大热情和不懈努力。如今，自2003年起，在李老师的主持下，海派文化研讨会已经举行了十四届，历届研讨会均对海派文化的前世今生、来龙去脉，进行了初步的梳理和辨识；从历史和现实的联系中，恰如其分地肯定海派文化的特点和积极作用，并在客观上改变着一些人对海派文化认识和感情上的某些偏见或成见。“海派文化的研究和运用，任重而道远”，伦新老师如此说，他以对上海这座城市的热爱和文化传播影响力的热情，影响和造就着一代年轻人对于海派文化的探明和研究兴趣。特别引人注目的是，为迎接2010上海世博会，在上海对外文化交流协会、文汇出版社的支持配合下，海派文化研究中心出版了三十三本一套的“海派文化丛书”，内容涵盖了海派文化的方方面面，受到读者欢迎，得到各方肯定，其深远影响，超出策划初期的预料。2010年11月27日，在长宁区图书馆举行的第九届海派文化研讨会上，上海大学教授、博导杨剑龙献诗一首并在台上高声朗诵：

海派文化领军人，
兢兢业业苦耕耘。
九载风雨发如霜，
夕阳无限李伦新。

杨教授的诗作，表达了我们对于李老师的崇敬和敬佩之情。

2010 年 1 月 11 日中午，老李在遥远的边疆给我发来短信：

我现在玉龙雪山 4 506 米高处给你发信：我胜利了！勇敢和信心是很宝贵的。

一位年近八十的长者，心中仍是燃烧着为着党的事业工作和文学创作的激情，多么的难能可贵！这让我想到，2011 年春节前夕，好几位曾在上海南市区担任领导的友人，时隔二十多年，还去看望这位德高望重的老同事、好领导。“美丽的彩霞在雨后，真正的友情在别后。”一位领导，在他退位之后，还有那么多人在想着他的情，他的好，这也是令人称道的感动人心之事。这使我想起李老师所说：“领导的魅力和威信，不在于他的职务高低，而在于他的人格魅力和为人民服务的政绩。领导不是以官取人，而应是以心取人，以真诚善意的服务姿态取人。”

老李在他的文章中，多次写到“不老的时间老人，不知疲倦地一直在走……”“公正的时间老人记得最清楚……”，这就是他对于沧桑生活的贴切感受和对于生命意义的深刻理解。

“风急浪高之后的平淡”，每次与李伦新老师欢聚叙谈后分手，目送他的背影渐渐远去，余秋雨这句简约又精到的评点，总会浮现在我的脑际，也又一次油然对李老师产生无比的敬意，心中也由此感到亲情般的暖意——这真是一位令人倍加尊敬的温和长者。

李伦新与海派文化

朱少伟

近些年，申城海派文化研究搞得有声有色。这依赖各方面的协力，也与著名作家李伦新先生的长期努力密不可分。

20 世纪 80 年代后期至 90 年代初期，李伦新相继担任上海市南市区区长、区委书记，他自然非常重视经济建设，但对历史文化遗产保护也给予了充分关注。例如：他经过查考得知，人民路 1025 号系建党时期上海书店旧址，它曾是党组织早期的重要出版发行机构，就千方百计让这幢沿街老房子底层恢复为“新文化书社”；他下基层获悉，明代嘉靖年间修筑的上海城墙虽然在辛亥革命后被拆除，但小北门大境关帝殿下仍保留着一段，就四处奔走要求保护利用，并带头捐款四百一十元（寓意为“事业”），最终受到市里重视，得以启动修复工程；他对坐落于天灯弄77号，曾被列为“清代江南三大藏书楼”之一的书隐楼十分关心，曾推动形成了房屋征收方案，期盼使之恢复原有风貌，与宁波天一阁、南浔嘉业堂同显风采……上海老城厢具有悠久的历史文脉，是本地文化的“摇篮”，他因此一直对它怀有特殊的情结。

李伦新先生在负责南市区工作期间，依然抽空坚持文学创作。记得，我初次到区政府拜访时，打量过他的办公室。房间并不大，里面没有考究的陈设，却挤放着好几只大书橱。双方稍作寒暄，便有了投缘的话题——海派文化。中共十一届三中全会以后，随着改革开放以磅礴气势席卷全国，精神文明建设受到高度重视，申城作为近代文明兴起比较早的国际大都市，理应回眸人文底蕴，凭借传统资源重塑城市形象。他虽然公务繁忙，但仍利用各种机会和场合为重振海派文化鼓呼，并颇有远见地指出：“上海这样一座城市，应该有专门的海派文化研究机构！”

1993年3月，李伦新先生调任上海市文联党组书记，当选常务副主席，从此对海派文化研究的关切更甚于前。不久，他联络一批知名文化人士，呼吁加强海派文化研究。

与此同时，他又身体力行，不断推出海派文化特色鲜明的小说、散文、评论，而且多部作品在专题研讨会上受到盛赞，被誉为“海派文学力作”。我曾去市文联机关，向他求教如何理解上海文化与海派文化的关系？他马上辩证地回答：“上海文化中包含海派文化，而海派文化则是上海文化的重要组成部分。”这句话至今仍被有的学者引用。

2002年5月，我应邀登门拜访，饶有兴趣地欣赏了李伦新先生书斋“乐耕堂”内的各种牛玩意，顿时悟透他的笔名“耕夫”之含义。他那坚韧不拔的“牛劲”，不仅体现于文学创作，同样也体现于对海派文学研究的执着。真是“有志者事竟成”，这天他兴奋地告知“海派文化研究将有一个新开端”：在本市各方面的关心下，决定在以咱们这座城市名称命名的上海大学设立海派文化研究中心！随即，鉴于我熟悉上海史，他叮嘱道：“请你尽快写一篇文章，对海派文化的来龙去脉进行一下综述。待举行首届研讨会时，做一次演讲。”“海派文化是根植于中华传统文化的基础上，融会吴越文化等中国其他地域文化的精华，吸纳消化一些外国的主要是西方的文化因素，创立了新的富有自己独特个性的文化。”他在交谈中还说，“海派文化姓海，海纳百川，熔铸中西，为我所用，化腐朽为神奇，开风气之先。”这番论述令我记忆深刻。

同年6月，上海大学海派文化研究中心筹备会议在新校区举行。上海大学方明伦、李友梅等领导出席，李伦新先生作为上海大学文学院顾问、兼职教授主持会议，原上海市委宣传部副部长、《解放日报》总编辑丁锡满先生也莅临，十余位来自各方面的热心于海派文化研究的同仁踊跃建言。我有幸作为与会者，同大家一起见证了上海大学海派文化研究中心的组建。会后，李伦新先生开心地赋诗一首："海风多潇洒，海浪美如花。海纳无限量，海派有文化。"

从此，在校领导热忱支持下，在李伦新先生筹划下，上海大学海派文化研究中心每年举行研讨会、出版论文集，并推出一套数十本的"海派文化丛书"；许多学者纷纷参与学术活动，一些地区和单位热忱给予协助，遂使申城海派文化研究取得丰硕成果。现在，"海纳百川、追求卓越、开明睿智、大气谦和"的十六字上海城市精神，已成为海派文化最好的诠释，也体现了海派文化的内涵特质。

最近，《李伦新文集》由上海文艺出版社出版。这套三百七十余万字的文集，既有长篇小说，也有中短篇小说，还有散文随笔。文字生动活泼，内容丰富多彩，时代特征鲜明，清晰展示了一位当今海派文化研究领军人物的履痕。诚若李友梅教授在文集代序中所说："上海大学海派文化研究中心成立至今已有十四年，在中心主任李伦新同志的领导和推动下，中心立足上海大学，整合社会力量，不断发展壮大，成为拥有十二位特邀研究员和一百余人研究队伍的海派文化研究基地，是目前沪上最具权威的海派文化学术研究、文化传播平台”“李伦新十多年全情投入海派文化的普及、教育、传承，是沪上海派文化传承的旗帜性人物”“今天《李伦新文集》出版了，文集承载着李伦新老师认识文化和海派文化的思想成果，这些思想成果使我们看到了李伦新老师研究文化和海派文化的高境界和大胸怀。”

如今，李伦新先生虽然已年逾八旬，但仍壮心不已。他在该文集后记中如是说：“我要以实际行动，永做一头勤于拉车犁地的老牛！”我深信，在这位可敬长者的引领下，申城海派文化研究将会续写新的灿烂篇章！

岂止是“一些玉米高粱”

——读《李伦新文集》

唐明生

《李伦新文集》由上海文艺出版社出版了，作为他曾经的属下，我由衷地为他感到高兴，真诚地向他表示祝贺。

一本本摞起，高约盈尺的十卷文集，分长篇小说卷、中短篇小说卷、散文随笔卷、海派文化卷和人生追忆卷，三百余万字，收入20世纪50年代中期至新千年前十六年写下的文字，时间跨度六十年。即将迎来百岁华诞的华东师范大学著名教授钱谷融先生，为文集撰写了题为《细水长流，源源不断》的序言。龚心瀚、丁锡满、余秋雨、王安忆、叶辛、赵丽宏、杨扬等著名学者、作家、评论家为老李作品写过的序或评论性文字，也一并收入文集。

由于老李的信任，他邀我协助他编选文集，使我有幸能先期阅读他的全部作品，尽管这些作品以单行本出版时，他都曾签赠给过我，但这一次的集中拜读，比起以往的零星翻阅，对他的曲折人生、前行脚步、创作历程，有了更为深切地感受。

熟悉老李的人都知道，文学和写作是他青春的梦想，这梦想一直陪伴了他八十余年的人生。即便在 20 世纪 50 年代中期遭受不公正待遇，谪居广西劳动，心中的梦想也没有消退。党的十一届三中全会后，老李获得了新生，回到告别二十年的上海，重新分配了工作，梦想再次炽烈地燃烧起来，但此时的他已身不由己。职务节节攀升，先后担任南市区委宣传部副部长、区委统战部长、区长、区委书记和上海市文学艺术界联合会党组书记。繁忙的公务使他没有大块时间用于创作，只能将业余时间凝于笔端，化成一篇篇文章，一本本著作，先后出版了十五本书，可谓工作、创作两不误。耄耋之年，对已有的收获他重新检校，汇成十卷文集。在同级别党政官员中，有如此创作业绩者实不多见。

十卷文集，头三卷是小说。第一卷《梳头娘姨传奇》《梦花情缘》，第二卷《非常爱情》为长篇小说，第三卷《爱的咏叹》为中短篇小说。时间上，十八岁那年写下的短篇小说《闹钟回家》，是小说创作的发轫之作，为此他被推选为上海市青年文学创作组小说一组副组长。从短篇起步，继而由中篇到长篇，渐入佳境。三部长篇多取材于亲身体验，关注的是上海老城厢地区普通人的生存状态，表现手法是现实主义的，对弱者有一种人道主义情怀，有强烈的爱憎倾向，多侧面地折射出时代风云和社会风情，富有鲜明的上海特色，其中尤以《梳头姨娘传奇》最具代表性。小说的主角是一个走街串巷、替人梳头的梳头娘姨，平凡普通却具有独特性，从未有人写过。凭借深厚的生活积累，小说写出了这个人物的前世、今生和后传，为当代都市文学“人物画廊”增添了一个新形象——梳头姨娘的形象。小说在《解放日报》连载，受到广泛好评，获上海大众文学奖长篇小说二等奖。

从第四到第八卷为散文随笔卷，依次卷名为《思辨墨录》《船过无痕》《明日玫瑰》和《上海点滴》，计八百余篇。一方面政务缠身无暇再顾及小说创作；另一方面，改革开放多彩的生活时时叩击心扉，神思遐想不吐不快，于是写下了大量散文随笔。丰富的人身阅历，敏锐的洞察眼光，使他总能找到可写的题目。当下改革、官场生态、社会万象、出访见闻、读报偶拾、大众生活，以及写景记事、怀人抒情，举凡政治、经济、文化、法律，均有可写可叹可议之处。有话则长，无话则短，或讴歌，或褒奖，或鞭挞，皆真情流露，蕴含哲理的思考，体现了他对历史、对现实、对民族、对国家的一种良心和责任感，读之受益匪浅。如《婉拒》《系领带》《挤读之乐》《朝南坐朝北拜》《神秘的卡拉 OK》《戏话杂谈》《拥抱春天》《春申村的启示》等篇什，一再为人提起，随笔《致里科先生》获新民晚报林放杂文奖。

第九卷《上海，一部耐读的书》为海派文化卷，系以随笔笔法做文化研究。从领导岗位退下来后，老李受聘担任上海大学海派文化研究中心主任、兼职教授，从事海派文化的发掘与研究。每年召开一次研讨会，出版一本论文集；为迎接世博会，主编“海派文化丛书”三十三本，广受关注。本人亦同步前行，写下了有关海派文化的萌芽、特点、发展及展望等文字，集而成此卷。

尤值得一读的是第十卷人生追忆卷。用老李本人的话说：“随着时光的流逝，年岁增长，我常常会凝神注视自己身后那漫长而曲折的行程，回眸以往岁月留下的那深浅不一、正正歪歪的足迹，总会感慨良多。”和前九卷都是“创作”不同，这一卷带有“自传”性质。文体也有创新，既情景交融又夹叙夹议，既可单独成篇又前后连贯（自称

“连贯性随笔”)，极具可读性。该卷分上、下两卷，上卷《船行有声》，是对个人成长脚步的追述，从生长于抗日战争时期写起，到童蒙初开在私营企业当学徒，经历三年解放战争时期；到青春年少时迎接解放，响应号召投身革命运动，入团入党进机关当干部；到被打成“右派”，迁往边陲，直至获得第二次解放，如实记录了数十年人生命运的跌宕起伏和社会变迁，不仅可为同时代人保鲜记忆，也有助年轻一代认识一段不平凡的历史。下卷《我在上海当区长》是对在南市区区长三年任内心路历程的记录。人民投票选了我，我要对人民负责，时刻把人民的利益放在心上，全心全意为人民服务，再苦再难再累也不退让，表达了一位为官者的抱负胸怀，自然也体现了老李人品与官品的一致。读着这样的文字，亲切感人，能引发读者对人生的回望，别有一股品咂不尽的回味。

编就文集，在“作者简介”中老李写了如下一段文字：“工作之余再握笔，写了些有感而发的短文，心血来潮时再写小说，至今还没有特别满意的作品。这里奉献给读者的是常年耕耘收获的一些玉米高粱，希望笑阅，祈望批评指正。”这段文字一如他的行事为人——谦和纯真，温柔善良，不张不扬。但友人论及他的创作则另有一番说道。已故著名报人兼作家丁锡满就曾写到：“党政领导干部尤其是高级干部，最好也知文能文，带点儒气文气书卷气。我很赞赏李伦新同志，既从政又从文，既勤政又勤笔。一个干部为人民服务了一生，或许政绩还够不上青史留名，但锦绣文章却久远有益于后人。”无疑，这一评价是客观公允的——

岂止是“一些玉米高粱”，而是可以启迪后人如何为人为文，如何对梦想执着地追求……

文集出版了，老李的笔并没有停下。任上海市文联党组书记、常务副主席，历时五年，尊重艺术家，为艺术家服务，和艺术家交朋友，繁荣艺术创作，成了他全部工作的重心，其间点点滴滴，有许多感人的故事。他决定继续用“追忆”的形式，写下那些难忘的片段，以飨读者。

读者们，期待着吧！

后　记

人生旅程走到将近终点的时候，我驻足回眸，身后那或深或浅、时正时歪的足迹，感慨良多。我这个一直和文学不离不弃的人，尽管少有成绩，没能写成精品力作，但文学使我生活充实而丰富，我由衷感激文学。

继《船过无痕》《我在上海当区长》之后，这部《我们上海文艺界》写的是自己奉调到上海市文联工作后的纪实性随笔，热诚希望读者批评指正。

地处祖国东南沿海的大城市上海，文联为文艺事业和文艺家服务的任务繁重，我们边做边学，多有不到之处，得到支持和谅解，深表感谢！也热诚欢迎读者批评指教！

感谢文汇出版社领导对本书的支持和责编鲍广丽同志的辛勤付出。

李伦新

2017 年 6 月 15 日于乐耕堂